Häa-net.com
哈福網路商城

Häa-net.com
哈福網路商城

Häa-net.com
哈福網路商城

Häa-net.com
哈福網路商城

新日檢
一次過關靠這本

N2 文字
語彙

林德勝　◎編著
渡部由里　◎審訂

哈福

日本東京外語大—林小瑜：
跟我這樣讀　一次過關沒問題

俗話說：「工欲善其事，必先利其器。」

當您下定決心參加日語檢定時，首要工作是「幫自己選擇一套優良的新日檢工具書」，才能讓自己一次就過關！本公司出版<新日檢一次過關靠這本>，就是您最正確選擇。佳評如潮，很多讀者來電，來信致謝：「讓我們花最少的時間，用最輕鬆的心情，省時省力，命中率高，一考就過關。」

「新日語檢定」（日本語能力試驗），簡單的說就是「日語版托福」，共分N1，N2，N3，N4，N5。N5最簡單，N1最難！不過，可依個人能力或需要選擇考試級數，不一定要一級一級考上去，所以考生如果覺得自己實力夠，不妨直接挑戰N2或N1！

日檢不論哪個級數，試題內容均含：①「文字‧語彙」、②「聽解」、③「讀解‧文法」三大項，準備階段可多做模擬考題（考古題也可以），以便「熟悉考試方法和考題方向」，練就一身膽識，英勇上考場，不致於心慌慌，手茫茫。

誠如**名作家、電視節目主持人吳淡如所說**，她唸北一女時，高一和高二，成績都很不理想，高三急起直追，每天就

是做考古題，高三終於名列前茅。最後考上第一志願---台大法律系，就是拜多做模擬試題和考古題之賜。

　　台大研究所教授在第一節上課時，都會先跟同學說明這一學期，期中考和期末考的考試方向，有了方向，朝著目標去準備，合格都沒問題。

　　以前的舊日檢有出版考古題，現在的新日檢還沒有考古題，但做以前的考古題也是有很大的幫助，了解考試方向和題型，可以先穩定軍心。

　　以下就我通過N1檢定的經驗，將各級和各項目新日檢，重點準備方向和提示如下，跟著我的腳步走，不論考N幾，一次過關沒問題！

1　**「文字‧語彙」**：文字（單字）及語彙（片語）是構成語言的基礎，學習的要領：除了「背多分」，還是「背多分」！ 對於同為使用漢字國家，「文字‧語彙」可說是送分題，稍微努力就可獲得高分，因日檢有無過關，是按總分計算，不論各科高低，身為中國人，這部份佔了很大的便宜，所以千萬要多加油哦！

　　日文源於唐朝時期的遣唐使將中文引進日本，學日文就像會晤遠房親戚，同中有異，異中有同！現今使用的日文漢字中，除沿用中國的漢字，還有部份和製漢字，及外來語。扣除來自中國的漢字、已知的英單字（外來語），要學的只有和製漢字及沒學過的歐美單字和發音了！而且日檢各級「文字‧語彙」有其範圍，準備起來

真的不是大海撈針！了解其來龍去脈後，您對「文字‧語彙」，是不是更有把握！

2 **「讀解‧文法」**：「讀解」也就是我們所熟悉的閱讀測驗，閱讀能力好壞和自己所具備的單字、片語量有很大的關係。根據我的經驗，大量閱讀是很重要的，記得不要怕閱讀，因為文章裡頭，大部份都是漢字，夾雜的日文，您只要根據漢字前後文，都可以猜出整句的意思。

有很多人掙扎「學外語要不要學文法？」這個問題當然是「肯定要學」！不學文法如何正確掌握句子所要表達的意思?!對於中國人來說，日文法中最難的恐怕是「五段動詞變化」了，學習日語五段動詞變化時，記得要發揮自己「化繁為簡」的潛力，不要隨著冗長的文字　述團團轉，建議可將重點自製成表格，這樣才可更迅速、有條理地裝進腦袋中。

其實日文文法要學的不多，無需鑽牛角尖，購買文法書時，只要選擇自己覺得最容易看懂的文法書即可，無需一口氣買好幾本，才不會自己嚇自己，會的也變不會了！

3　**「聽解」**：學習日語的四部曲——聽、説、讀、寫中，「讀與寫」可速成，考前臨時抱佛腳，短期內「賺到」好幾分不無可能。但「聽與説」就得靠平時累積，才會有實力！「説」的部份新日檢不考，在此暫不討論。至於準備「聽解」則別無他法，就是要多聽，讓自己習慣日語的語調。至於要聽什麼？

　　看電視——因出題者是日本人，考前當然從日本去尋找題材，建議可多聽日本NHK新聞，重要國際新聞、社會時事是命題中心，同樣的新聞可自行錄音，反複多聽幾次，甚至不看畫面，只用耳朵聽也是很好的聽力訓練方式，因為正式「聽解」考試題目，也只是用聽的而已哦！

　　上網——網路無國界，透過網路——Youtube，google翻譯，Facebook交友都是很好日語學習管道。你也可以收看到很多日本即時新聞節目，此外看看自己喜歡的日劇，聽聽自己喜歡的日文歌曲，唱唱卡拉OK，都能寓教於樂，讓日語生活化，發現日語可愛之處，才會愛上日語，促使自己繼續學習下去的動力哦！

日本東京外語大　林小瑜

日本語能力檢定測驗是一個什麼樣的測驗？

日本語能力檢定測驗是由「日本國際教育協會」及「國際交流基金」，分別在日本及世界各地為學習日語的人，測驗日語能力的一種考試。每年7月和12月的第一個星期日。這一考試從1991起首度在台灣舉行，由交流協會主辦，「財團法人語言訓練測驗中心」協辦。每年7月和12月的第一個星期日。

日文檢定考有些類似日文版的「托福」

「日本語能力檢定測驗」簡單地說，有點類似日文版的「托福」，想到日本留學，就要考「日本語文能力檢定測驗」；兩者不同的是，新日檢分成5個等級，N5最簡單，N1最難。而且沒有規定必須要一級一級考上去，所以考生如果覺得自己實力夠，可以直接報考N2或N1。

日本檢定考的測驗成績有何作用？

日檢測驗成績可檢測評量，不是以日語為母語者之能力，無論到日本留學或在日商公司任職，都是日語程度證明的依據。赴日留學時，「日本語能力檢定測驗」的成績，就可以作為證明考生的日語能力，以提供學校甄選。通常日本的大學、短大至少都要求N2的程度，而較好的學校當然一定要N1的程度才能申請。除此之外，還可以作為求職時的日語能力證明。

考試內容

級別	N1　（學習約900小時）	
試題內容	言語知識 （文字・語彙・文:法）	
考試時間	讀解 110分鐘	聽解 60分鐘
認定標準	1. 漢字2000字左右，單字10000字左右。 2. 學會高度的文法。 3. 具備生活所需、大學基礎學習能力。 4. 能理解在廣泛情境之下所使用之日語。 5. 在讀解部份，可閱讀報紙社論、評論等論述性文章。 6. 能夠閱讀較複雜，以及較抽象之文章，並了解其結構及涵意。 7. 在聽解部份，可聽懂常速且連貫性的對話、新聞報導及講課，且能理解話題走向、內容、人物關係及說話內容，並確實掌握其大意。	

級別	N2　（學習約600小時）	
考試時間	讀解 105分鐘	聽解 50分鐘
認定標準	1. 漢字1000字左右，單字6000字左右。 2. 學會中高程度文法。 3. 具備日常生活會話以及中級書寫文章能力。 4. 了解日常生活所使用之日語，和理解較廣泛情境日語會話。 5. 在讀解部份，能看懂報紙、雜誌報導、解說、簡易評論等文章。 6. 能閱讀一般話題之讀物，理解事情的脈絡和其意涵。 7. 在聽解部份，能聽懂日常生活情境會話，和常速、連貫之對話、新聞報導，也可理解其話題內容及人物關係，並掌握其大意。	

級別	N3　（學習約450小時）		
試題內容	言語知識 （文字・語彙）	言語知識(文法) 讀 解	聽 解
考試時間	30分鐘	70分鐘	40分鐘
認定標準	1. 漢字600字左右，單字3750字左右。 2. 學會中等文法。 3. 具備日常生活會話及簡單書寫文章能力，能理解基礎日語。 4. 在讀解部份，可看懂基本語彙，及漢字的日常生活話題文章。 5. 在聽解部份，可聽懂速度慢之日常會話。		

級別	N4 （學習約300小時）		
試題內容	言語知識(文字・語彙)	言語知識(文法) 讀 解	聽 解
考試時間	30分鐘	60分鐘	35分鐘
認定標準	1. 漢字300字左右，單字1500字左右。 2. 學會中等文法。 3. 具備日常生活會話及簡單書寫文章能力。能理解基礎日語。 4. 在讀解部份，可以看懂基本語彙，和漢字描述日常生活相關之文章。 5. 在聽解部份，能聽懂速度慢之日常會話。		
級別	N5 （學習約150小時）		
試題內容	言語知識(文字・語彙)	言語知識(文法) 讀 解	聽 解
考試時間	25分鐘	50分鐘	30分鐘
認定標準	1. 漢字100字左右，單字800字左右。 2. 學會初級文法。 3. 具備簡單交談、閱讀、書寫短句、短文能力。 4. 能大致理解基礎日語。 5. 在聽解部份，能看懂以平、片假名，和日常生活使用之漢字書寫之詞句、短文及文章。 6. 在聽解部份，在課堂上或日常生活中，常接觸之情境會話，如為速度較慢之簡短對話，可了解其中意思。		

如何報名參加「日本語能力檢定測驗」?

日文檢定考可是不限年齡,不分男女老少的!所以,除了留學及求職外,也可以針對興趣挑戰一下!

1.什麼時候舉行?

每年7月和12月的第一個星期日。去年全球共約650,000人報考,台灣地區約有65,000人報考。

2.在哪裡舉行?

考區分台北、台中與高雄考區。

3.報名方式:通信報名(以郵戳為憑)

如要報考新日檢,報名一律採網路登錄資料 → 繳費 → 郵寄報名表 → 完成。考生請先購買報名資料(內含「受驗案內」、「受驗願書」)。然後參閱「受驗案內」(報名手冊)的說明,仔細填寫「受驗願書」(報名表),並貼上一吋相片,最後連同測驗費(用郵政匯票)以掛號郵寄:

   10663台北郵政第23-41號信箱

        語言訓練測驗中心   收

4. 測驗費和繳費方式

測驗費:每名1,500元
(1) 自動櫃員機(ATM)轉帳;(2) 超商代收:(免手續費); (3)郵局代收:(免手續費)

5. 洽詢單位

a 交流協會台北事務所
  地址：台北市松山區慶城街28號通泰商業大樓1樓
  TEL:02-2713-8000
  FAX:02-2713-8787
  網址：www.japan-taipei.org.tw
b 語言訓練測驗中心
  地址：10663台北市辛亥路二段170號
  電話：(02)2362-6385 傳真：(02)2367-1944
  網址：www.lttc.ntu.edu.tw

於報名期間內（郵戳為憑）以掛號郵寄至「10663 台北市辛亥路二段 170 號 語
言訓練測驗中心 日本語能力試驗報名處」，始完成報名手續。

以上資料若有任何變更，請依簡章上寫的為準。或上「日本語能力試驗」相關資訊，可查閱「日本語能力試驗公式ウェブサイト」，網址是：http://www.jlpt.jp/。

6. 及格者頒發合格證書

N1~N3和N4、N5的分項成績有些不同。成績經交流協會閱卷後，語言訓練中心會寄「合否結果通知書」（成績單）給應試者。及格者同時附上「日本語能力認定書」。

但要符合下列二項條件才判定合格：①總分達合格分數以上；②各分項成績，須達各分項合格分數以上。如有一科分項成績未達合格分數，無論總分多高，也會判定不合格，或其中有任一測驗科目缺考者，就判定不合格，雖會寄「合否結果通知書」，不過，所有分項成績，包括已出席科目在內，均不予計分。

N1~N3和N4、N5各等級總分通過標準，與各分項成績合格

分數，如下表：

級數	總分		分項成績					
			言語知識 （文字・語彙・ 文法）		讀解		聽解	
	總分	合格 分數	總分	合格 分數	總分	合格 分數	總分	合格 分數
N1	180分	100分	60分	19分	60分	19分	60分	19分
N2	180分	90分	60分	19分	60分	19分	60分	19分
N3	180分	95分	60分	19分	60分	19分	60分	19分

級數	總分		分項成績			
			言語知識 （文字・語彙・文 法）・讀解		聽解	
	總分	合格分數	總分	合格分數	總分	合格分數
N4	180分	90分	120分	38分	60分	19分
N5	180分	80分	120分	38分	60分	19分

目　錄

第一篇

電腦精選　激發記憶潛能

N2 必考文字・語彙

□相変わらず　　　【副】照舊，仍舊
（あいかわらず）　<ruby>私<rt>わたし</rt></ruby>は<ruby>相変<rt>あいか</rt></ruby>わらず<ruby>元気<rt>げんき</rt></ruby>です。
　　　　　　　　　我一切都很好。

□挨拶　　　　　　【名，自サ】問候，寒喧
（あいさつ）　　　お<ruby>友達<rt>ともだち</rt></ruby>にあいさつします。
　　　　　　　　　跟朋友打招呼。

□愛する　　　　　【他サ】疼愛，愛護
（あいする）　　　<ruby>私<rt>わたし</rt></ruby>は<ruby>兄<rt>あに</rt></ruby>を<ruby>愛<rt>あい</rt></ruby>しています。
　　　　　　　　　我愛哥哥。

□合図　　　　　　【名，自サ】信號，暗號
（あいず）　　　　<ruby>兄<rt>あに</rt></ruby>はちょっと<ruby>来<rt>こ</rt></ruby>いと、<ruby>目<rt>め</rt></ruby>で<ruby>合図<rt>あいず</rt></ruby>をした。
　　　　　　　　　哥哥使個眼色，要我過去。

□生憎　　　　　　【名，動，形動】不巧
（あいにく）　　　あいにく<ruby>父<rt>ちち</rt></ruby>は<ruby>出<rt>で</rt></ruby>かけております。
　　　　　　　　　我父親剛好不在家。

□曖昧　　　　　　【形動】曖昧
（あいまい）　　　<ruby>曖昧<rt>あいまい</rt></ruby>な<ruby>答<rt>こた</rt></ruby>えをしないように。
　　　　　　　　　請不要曖昧的回答。

□合う　　　　　　【自五】正確，適合
（あう）　　　　　<ruby>私<rt>わたし</rt></ruby>たちの<ruby>意見<rt>いけん</rt></ruby>は<ruby>合<rt>あ</rt></ruby>います。
　　　　　　　　　我們意見一致。

□青い
（あおい）

【形】青的；未成熟的

青_{あお}い海_{うみ}が大好_{だいす}きです。
我最喜歡湛藍的大海。

□扇ぐ
（あおぐ）

【自，他五】（用扇子）扇（風）；煽動

うちわで一生懸命_{いっしょうけんめい}扇_{あお}いでいます。
拼命用扇子扇。

□青白い
（あおじろい）

【形】蒼白的

あの子_この顔_{かお}は青白_{あおじろ}かった。
那孩子臉色蒼白。

□赤い
（あかい）

【形】紅的

赤_{あか}い太陽_{たいよう}が東_{ひがし}から昇_{のぼ}ってきました。
火紅的太陽從東邊升起。

□上がる
（あがる）

【自五】上升；完成；抬舉

階段_{かいだん}で二階_{にかい}に上_あがります。
爬樓梯上二樓。

□明るい
（あかるい）

【形】明亮的；開朗的

明_{あか}るい部屋_{へや}です。
採光明亮的房間。

□明らか
（あきらか）

【形動】明亮；顯然

彼_{かれ}が間違_{まちが}っているのは明_{あき}らかです。
很明顯地是他錯了。

□諦める
（あきらめる）

【他下一】死心，放棄

大学受験_{だいがくじゅけん}を諦_{あきら}めました。
我放棄大學聯考。

□飽きる
（あきる）

【自上一】飽，厭煩

このゲームは飽きました。

我已經玩膩這個遊戲了。

□呆れる
（あきれる）

【自下一】吃驚，愕然

あきれるほどひどい成績です。

令人吃驚的爛成績。

□開く
（あく）

【自五】開

窓が開きました。

窗戶打開了。

□空く
（あく）

【自五】閒；缺額

その時間は空いていません。

那時候沒空。

□握手
（あくしゅ）

【名，自サ】握手；合作

握手してあいさつします。。

握手寒暄。

□あくび

【名，自サ】呵欠

彼はいつもあくびをしています。

他總是在打哈欠。

□飽くまで
（あくまで）

【副】徹底，到底

みんなで決めたことだから、あくまで続ける
べきだ。

既然是大家一起決定的事，應該要堅持到底。

□明くる
（あくる）

【連體】次，翌

うちの子は明くる年の三月に卒業した。

我兒子明年三月畢業。

□開ける 【他下一】打開；空出
（あける）
ドアを開けます。
打開門。

□上げる 【他下一】舉，抬
（あげる）
棚に上げておいてください。
請放到架子上。

□憧れる 【自下一】渴望；眷戀
（あこがれる）
歌手に憧れる。
我想當歌手。

□浅い 【形】淺的
（あさい）
この川は浅いです。
這條河很淺。

□あさって 【名，副】後天
あさっては私の誕生日です。
後天是我的生日。

□朝寝坊 【名，形動】起床晚
（あさねぼう）
彼はいつも朝寝坊してしまいます。
他總是會賴床。

□味 【名，形動】味道；體會
（あじ）
塩で味を付ける。
用鹽調味。

□味わう 【他五】嚐；體驗；風味
（あじわう）
辛い思いを味わいました。
嚐過苦頭。

□預ける 【他下一】寄放
（あずける）
貴重品はフロントに預けます。
把貴重物品寄放在櫃臺。

□あそこ 【代】那裡
あそこの建物はなんですか？
那是什麼大樓？

□遊ぶ 【自五】玩
（あそぶ）
友だちと遊んでいます。
和朋友在玩。

□与える 【他下一】給與
（あたえる）
悪い影響を与えます。
給與不良的影響。

□暖かい 【他下一】溫，熱
（あたたかい）
今日は暖かいです。
今天很暖和。

□暖まる 【自五】暖，暖和
（あたたまる）
ストーブに近付いて暖まります。
靠近暖爐取暖。

□暖める 【他下一】溫；熱，燙
（あたためる）
部屋を暖める。
把房間弄暖活。

□新しい 【形】新的
（あたらしい）
新しいノートがほしいです。
我想要新筆記本。

□当たる
（あたる）
【自五】照射；碰撞；正當
宝くじで二万円が当たりました。
買彩券中了兩百萬日圓。

□あちら／
あっち
【代】那邊，那人
あちらを見てください。
請看那一邊。

□厚い
（あつい）
【形】厚，深厚
この本は厚いですね。
這本書很厚。

□暑い
（あつい）
【形】熱的
今日は暑いですね。
今天真熱呀！

□熱い
（あつい）
（溫度）熱；熱中
気をつけて。熱いですよ。
很熱！小心點。

□扱う
（あつかう）
【他五】操作；對待
コンピューターを扱っています。
我在用電腦。

□厚かましい
（あつかましい）
【形】厚臉皮的
本当に厚かましい人だ。
真是厚臉皮的傢伙！

□集まる
（あつまる）
【自五】聚集
教室に集まってください。
請到教室集合。

□当てる （あてる）	【他下一】接觸；貼上，放上 熱があるから、額に冷たいタオルを当ててください。 因爲發燒，請在額頭放上冷毛巾。
□あなた	【代】您 あなたの名前はなんと言いますか？ 您貴姓？
□あの	【連體】那個 あの人は誰ですか？ 那個人是誰？
□暴れる （あばれる）	【自下一】胡鬧 馬が暴れています。 馬兒抓狂。
□浴びる （あびる）	【他上一】浴；曬；遭受 毎晩遅くにシャワーを浴びています。 每晚都很晚才淋浴。
□危ない （あぶない）	【形】危險的 危ないですから、横断しないでください。 因爲很危險，請不要橫越馬路。
□あぶる	【他五】烤，烘 海苔を火であぶって食べた。 用火烘烤海苔吃。
□溢れる （あふれる）	【自下一】溢出，充滿 池の水が溢れ出した。 池塘的水溢出來了。

☐甘い
（あまい）
【形】甜的；天真的；樂觀的
彼女は甘いものが大好きです。
她喜歡甜食。

☐甘やかす
（あまやかす）
【他五】嬌生慣養
子供を甘やかして育ててはいけませんよ。
教育孩子不可以太嬌慣。

☐余る
（あまる）
【自五】剩餘；超過
ミカンが五個余っています。
還剩五個橘子。

☐編む
（あむ）
【他五】編，織
お母さんは冬になるとセーターを編みます。
媽媽每到冬天就織毛衣。

☐危うい
（あやうい）
【形】危險的
危ういところを、彼に助けてもらいました。
在危急時得到他的幫助。

☐怪しい
（あやしい）
【形】奇怪的；靠不住的；曖昧的
窓の外に怪しい人がいます。
窗外有一個可疑的人。

☐誤る
（あやまる）
【他五】錯誤；道歉
誤って、違う薬を渡してしまいました。
一時弄錯，給錯了藥。

☐荒い
（あらい）
【形】凶猛的，粗野的
思い切り走った後で、息が荒い。
拼命跑步後，便上氣不接下氣的。

□争う 【他五】競爭
（あらそう）
みんな先を争ってそこに行こうとした。
大家都爭先恐後地朝那邊去。

□新た 【形動】新的
（あらた）
今月から新たな計画が始まります。
這個月展開新計畫。

□改める 【他下一】改正，修正
（あらためる）
会社の名前を、「日本製菓」と改めました。
公司的名字改爲「日本製果」。

□あらゆる 【連體】一切
事件に関するあらゆる資料を求めています。
需要這件事情的一切相關資料

□表す 【他五】出現，表示
（あらわす）
この記号は、病院を表しています。
這個符號表示醫院。

□現われる 【自下一】出現
（あらわれる）
噂をしているところに、彼が現れた。
正說到他，他就出現了。

□有り難い 【形】難得；值得感謝
（ありがたい）
それはとても有り難い話です。
那太感謝了。

□ありがとう 【感】謝謝
本当にありがとう。助かりました。
眞是謝謝你的幫忙！

□有る
（ある）
【自五】有，在
私のところに、いい辞書がありますよ。
我那裡有不錯的辭典。

□或いは
（あるいは）
【接，副】或者
私が行くか、或いは、彼に来てもらわなければならない。
是我去呢？還是他必須要來？

□歩く
（あるく）
【自五】走
歩いて学校に行きます。
走路上學。

□アルバイト
【名，自サ】工讀；副業
今どんなアルバイトをしていますか？
現在打什麼工？

□荒れる
（あれる）
【自下一】天氣變壞；秩序混亂
台風が近づいて、海が荒れてきました。
颱風將至，海上波濤洶湧。

□合わせる
（あわせる）
【他下一】配合
相手に話を合わせる。
附和對方所說的話。

□慌ただしい
（あわただしい）
【形】匆匆忙忙的，慌慌張張的
朝はいつも慌ただしい。
早上總是匆匆忙忙的。

□慌てる
（あわてる）
【自下一】驚慌，急急忙忙
慌てないで、ゆっくり考えてください。
別慌！慢慢地想。

□哀れ
（あわれ）

【名，形動】容易，可憐

おじさんの哀れな姿を見て、悲しくなった。
看到老人可憐的樣子，感到難過。

□安易
（あんい）

【名，形動】容易，輕而易舉

そんなことを安易に引き受けてはいけません。
那樣的事情不能輕易的接受。

□案外
（あんがい）

【名，形動】意想不到，出乎意外

案外合格しているかもしれませんよ。
說不定還意外錄取呢。

□暗記
（あんき）

【名，他サ】記住，背誦

彼は1ヶ月で2000語の英単語を暗記した。
他一個月背了2000單子。

□安心
（あんしん）

【名，自サ】放心

それを聞いて安心しました。
聽到那話就覺得安心了。

□安定
（あんてい）

【名，自サ】安定，穩定

日本に来てから、やっと生活が安定してきた。
來到日本，終於安定下來了。

□あんな

【連體】那樣的

あんな大きな家に住んでみたいです。
真想住那樣的大房子！

□案内
（あんない）

【名，他サ】嚮導，陪同遊覽

京都を案内してあげましょう。
讓我來陪您遊覽京都。

□あんなに 【副】那麼地，那樣地
あんなに高い山に登るんですか？
你要爬那麼高的山嗎？

□あんまり 【形動，副】（不）怎麼樣；太，過於
テニスはあんまり得意じゃありません。
我網球打得不太好。

□ 言い出す
（いいだす）

【他五】開始說，說出口

私が言い出したことだから、私が責任を持ちます。

因爲是我提議的，我就有責任。

□ 言い付ける
（いいつける）

【他下一】命令，吩咐

それについては、部下に言い付けておきます。

關於那事，我已先吩咐部下了。

□ 生き生き
（いきいき）

【副，自サ】活潑，生氣勃勃

彼の描く絵はとても生き生きしています。

他的畫栩栩如生。

□ 行き成り
（いきなり）

【副】突然，冷不防

いきなり飛び出してくるからびっくりした。

冷不防地跳了出來，所以被嚇了一大跳。

□ 維持
（いじ）

【名，他サ】維持，維護

いいスタイルを維持するために、カロリーに気をつけています。

爲了保持好身材，我很注意熱量的控制。

□ 意識
（いしき）

【名，他サ】意識

人の目を意識しすぎてあがってしまった。

太過在意他人的眼光，所以很緊張。

□**勇ましい**
（いさましい）

【副】勇敢的；振奮人心的
我が国の軍隊は、とても勇ましいです。
我國的軍隊驍勇善戰。

□**苛める**
（いじめる）

【他下一】欺負，虐待
若い社員を苛めないでください。
請別欺負新進員工。

□**意地悪**
（いじわる）

【名，形動】使壞，刁難
彼は意地悪だから、クラスのみんなに嫌われている。
他太壞了，所以全班都很討厭他。

□**偉大**
（いだい）

【形動】偉大的；魁武的
彼は我が国の偉大な政治家です。
他是我國偉大的政治家。

□**抱く**
（いだく）

【他五】懷有，懷抱
心に大きな夢を抱く。
心中懷有一個遠大的夢想。

□**痛む**
（いたむ）

【自五】疼痛；悲痛；苦惱
歯が痛むので、歯医者に行きます。
因為牙痛而去看醫生。

□**至る**
（いたる）

【自五】到；達到
ここから隣町に至る道は、険しいですよ。
從這裡到鄰村路途險峻。

□**位置**
（～いち）

【名，自サ】位於
東京は日本のほぼ中央に位置している。
東京大約位於日本的中央。

い

25

□一応
（いちおう）
【副】（雖然不徹底大致做了）一次；姑且；大致
一応聞いてみますが、彼も知らないと思いますよ。
我想他也不知道，但我還是幫你問一下。

□一段と
（いちだんと）
【副】更加，越發
美子さん、一段ときれいになりましたね。
美子小姐變得愈來愈美麗！

□一度に
（いちどに）
【副】一次；同時，一下子
一度にそんなに食べたら、おなかを壊します。
一下子吃那麼多，會把肚子搞壞的。

□一層
（いっそう）
【副】更，越發
これからも一層努力します。
從現在起要更加努力了。

□一旦
（いったん）
【副】一旦；姑且
一旦うちに帰ってから、お電話します。
一但回到家，就給您打電話。

□一致
（いっち）
【名，自サ】一致，相符
珍しくみんなの意見が一致した。
很難得大家的意見一致了。

□何時の間にか
（いつのまにか）
【副】不知不覺地，不知什麼時候
彼はいつの間にか日本語が上手になりましたね。
不知不覺地，他的日文愈來愈好。

□ 何時までも
（いつまでも）

【副】到什麼時候，始終

いつまでも忘れないでください。
不管什麼時候，都請別忘記。

□ 移転
（いてん）

【名，自他サ】轉移

最近、首都機能を郊外に移転させる計画が進められている。
最近，進行把首都功能轉移到郊外的計畫。

□ 移動
（いどう）

【名，自他サ】移動

体育の時間には、みんな体育館に移動する。
體育課時大家移動到體育館。

□ 居眠り
（いねむり）

【名，自サ】打瞌睡

電車で居眠りをして、終点まで乗り過ごしてしまった。
在電車上打瞌睡，結果坐過頭坐到終點。

□ 違反
（いはん）

【名，他サ】違反

その行為は校則違反している。
那種行為是違反校規的。

□ 今に
（いまに）

【副】就要，即將

今に出世して、大きな家を建てるぞ。
事業有成後，我要蓋棟大樓。

□ 今にも
（いまにも）

【副】馬上，不久

彼女は今にも泣き出しそうな顔をした。
她一臉要哭的樣子。

□ 嫌がる （いやがる）	【他五】討厭 そんなに嫌（いや）がらなくてもいいでしょう？ 別一副嫌惡的樣子好嗎？
□ いよいよ	【副】愈發；終於；緊要關頭 いよいよ来週（らいしゅう）は試験（しけん）ですね。 下星期的考試終於來了。
□ 依頼 （いらい）	【名，他サ】委託，請求 エアコンが故障（こしょう）したので修理（しゅうり）を依頼（いらい）した。 空調故障了，所以請人來修理。
□ 煎る （いる）	【他五】炒，煎 胡麻（ごま）を煎（い）って料理（りょうり）に使（つか）う。 炒芝麻做調味用。
□ 祝う （いわう）	【他五】祝賀，祝福 彼女（かのじょ）の誕生日（たんじょうび）をみんなで祝（いわ）いましょう。 她生日時受到大家的祝福。
□ 言わば （いわば）	【副】譬如，打個比方 若（わか）いときの恋愛（れんあい）は、言（い）わば麻疹（はしか）のようなものです。 年輕時的戀愛就像麻疹一樣。
□ 所謂 （いわゆる）	【連體】所謂，一般來說 所謂（いわゆる）不良債権（ふりょうさいけん）について、説明（せつめい）してください。 請說明何謂「不良債權」？

□印刷　　　　　【名，他サ】印刷
　（いんさつ）　新しい本は、印刷する段階になっている。
　　　　　　　　新書已進入印刷階段。

□インタビュー　【名，自サ】訪問，採訪
　　　　　　　　優勝力士にインタビューしました。
　　　　　　　　採訪冠軍的相撲力士。

□引用　　　　　【名，他サ】引用
　（いんよう）　ある小説の一節を引用して、論文を書いています。
　　　　　　　　引用某本小説的一節撰寫論文。

□飢える （うえる）	【自下一】飢餓，渴望 この国には、飢えている子供がたくさんいる。 這國家有很多三餐不繼的小孩。
□浮かぶ （うかぶ）	【自五】漂，浮起，想起 彼が喜んでいるようすが目に浮かびます。 眼中浮現他興奮的樣子。
□浮かべる （うかべる）	【他下一】浮，泛，漂浮 草で作った船を、川に浮かべる。 用草編成的船在河川中漂浮著。
□浮く （うく）	【自五】浮，愉快，剩餘 人間の体は水に浮きます。 人體可以浮在水面。
□承る （うけたまわる）	【他五】聽取；遵從，接受 オーダーを確かに承りました。 確實收到您的訂單。
□受け付け （うけつけ）	【名，他サ】受理申請；受理櫃臺 この紙に書いて、受け付けに出してください。 請填寫這份表格後拿到受理櫃臺。
□受け取る （うけとる）	【他五】領，接收 書類を受け取ったら、帰っていいです。 領取資料後就可以回去了。

□受け持つ
（うけもつ）
【他五】擔任，擔當
このクラスを一年間受け持つことになりました。
決定我擔任這班的導師一年。

□失う
（うしなう）
【他五】失去，喪失；錯過
たくさんの友達を失ってしまいました。
失去了許多的朋友。

□薄暗い
（うすぐらい）
【副】微暗的
薄暗いから、足下に気をつけて。
光線昏暗，請小心走路。

□薄める
（うすめる）
【他下一】稀釋，弄淡
このソースは、水で薄めて使います。
這醬料要加水稀釋使用。

□疑う
（うたがう）
【他五】疑惑，不相信，猜疑
あなたのことを疑ってごめんなさい。
不好意思懷疑了你。

□打ち合わせ
（うちあわせ）
【名，他サ】商量，洽談
午後から、A社との打ち合わせをすることになっている。
下午跟A公司洽談。

□打ち合わせる
（うちあわせる）
【他下一】使…相碰；（預先）商量，商洽
本番の内容について、打ち合わせましょう。
一起討論要播出的內容吧。

31

□打ち消す
（うちけす）
【他五】否定，消除
噂を強い調子で打ち消す。
以強硬的方式破除謠言。

□うっかり
【副，自サ】不注意，不留神，發呆
うっかりして、お金を忘れました。
一不留神忘記把錢拿走。

□映す
（うつす）
【他五】映，照；放映
鏡に映して、ポーズを取る。
照鏡子，擺姿勢。

□訴える
（うったえる）
【他下一】控告，控訴；求助於
お医者さんに痛みを訴える。
向醫生描述病痛。

□映る
（うつる）
【自五】映，照
水にみんなの姿が映っている。
水面映著大家的影子。

□うなずく
【自五】點頭表示同意
うなずきながら、老人の話を聞く。
邊點頭邊聽著老人說話。

□唸る
（うなる）
【自五】呻吟
病人が唸っている。
病人在呻吟。

□奪う
（うばう）
【他五】剝奪；吸引
お金を奪われました。
錢被搶了。

□埋める
（うめる）
【他下一】埋；填補
お金を箱に入れて、庭に埋めました。
把錢放入箱內，然後埋在院子裡。

□敬う
（うやまう）
【他五】尊敬
お年寄りを敬う。
尊敬老人。

□裏返す
（うらがえす）
【他】翻過來
服を裏返して洗濯します。
把衣服翻過來洗。

□裏切る
（うらぎる）
【他五】背叛，出賣；辜負
仲間に裏切られた。
被同伴出賣了。

□占う
（うらなう）
【他五】占卜，占卦，算命
あなたの将来を占ってあげましょう。
我幫你算算你的未來。

□恨む
（うらむ）
【他五】抱怨，恨
彼は両親のことを恨んでいます。
他怨恨他的父母。

□羨ましい
（うらやましい）
【副】羨慕；令人嫉妒
私はあなたがとても羨ましいです。
我很羨慕你。

□羨む
（うらやむ）
【他五】羨慕；嫉妒
他人を羨んでばかりいないで、努力しなさい。
別一味羨慕別人，自己也要好好努力。

□うろうろ	【副，自サ】徘徊；張慌失措
	うろうろ歩いていないで、ここに座りなさい。
	別一直走來走去，來這裡坐。

□噂 （うわさ）	【名，自サ】傳說，風聲
	駅前にスーパーができるといううわさが広まっている。
	車站前將開一家超市的風聲傳開了。

□うんと	【副】多，大大地；用力，使勁地
	うんとたくさん食べてください。
	請多吃一點。

□云々 （うんぬん）	【他サ】說長道短
	他人のことを云々するものではない。
	別說人長短。

□運搬 （うんぱん）	【名，他サ】搬運，運輸
	貨物の運搬には、トラックを使います。
	用貨車搬運貨物。

□運用 （うんよう）	【名，他サ】運用，活用
	資金の運用を、銀行の人に相談する。
	跟行員商量資金的運用方法。

□影響
（えいきょう）

【名，自サ】影響
大雪の影響で、交通がストップした。
由於大風雪，交通中斷了。

□営業
（えいぎょう）

【名，自サ】營業
本日は10時まで営業いたします。
今天營業到十點。

□描く
（えがく）

【他五】畫；描寫
この映画は、現代の若者を描いている。
這部電影描述時下的年輕人。

□得る
（える）

【他下一】得，得到，理解
日本で学位を得ることが私の目標です。
到日本拿學位是我的目標。

□延期
（えんき）

【名，他サ】延期
雨で試合が日曜日に延期になった。
由於下雨比賽延到星期日。

□援助
（えんじょ）

【名，他サ】援助，幫助
生活費の一部を高橋さんが援助してくれました。
部分的生活費是高橋先生援助的。

□演説
（えんぜつ）

【名，自サ】演說，演講
彼の演説は実に見事だった。
他的演講精彩極了。

□演奏　　　　　【名，他サ】演奏
（えんそう）　ピアノで名曲を演奏している。
　　　　　　　　用鋼琴演奏名曲。

□延長　　　　　【名，自他サ】延長，延伸
（えんちょう）　家の近くまで電車の路線が延長されて、とて
　　　　　　　　も便利になった。
　　　　　　　　電車線路延伸到家裡附近，方便多了。

□追い掛ける
（おいかける）

【他下一】追趕，緊接著
あの車を追いかけてください。
請追那輛車。

□追い越す
（おいこす）

【他五】超過，趕快去
ここでは、前の車を追い越してはいけません。
這裡不能超車。

□追い付く
（おいつく）

【自五】追上，趕上
やっと先頭のグループに追い付いた。
終於趕上前面的隊伍了。

□追う
（おう）

【他五】追求，遵循，趕
すぐに彼らの後を追いましょう。
馬上去追趕他們吧！

□応援
（おうえん）

【名，他サ】援助，聲援
あなたのことをずっと応援するから、がんばってね。
我會永遠聲援你的，你要加油喔！

□応じる・ずる
（おうじる）

【自上一】答應，接受，因應
お客さまの要求に応じて、商品を開発します。
因應顧客的需求，開發新商品。

□横断
（おうだん）

【名，他サ】橫斷；橫越，穿過
道路を横断するときは、気を付けてください。
穿越馬路，要小心點。

□往復
（おうふく）
【名，自サ】往返，來往
そこまで往復、2時間かかります。
到那裡來回需要花兩個小時。

□応用
（おうよう）
【名，他サ】應用，運用
この原理を応用して、重いものを動かすことができた。
應用這個原理，才挪動了笨重的東西。

□大いに
（おおいに）
【副】非常地，大量地
今日は大いに飲んでください。
今天請大家痛快地暢飲一番。

□覆う
（おおう）
【他五】覆蓋，籠罩；掩飾
埃がつくから、布で覆っておきましょう。
因為會蒙上灰塵，請先用布蓋好。

□大雑把
（おおざっぱ）
【副】草率，粗枝大葉
大雑把な人数を教えてください。
請告訴我們大概的人數。

□拝む
（おがむ）
【他五】叩拜，懇求，看
お寺に行って、仏様を拝んできました。
到寺廟去拜拜。

□～おき
【接尾】每隔
私は三日おきに泳ぎに行きます。
我每隔三天去游泳一次。

□補う
（おぎなう）
【他五】補償，貼補
ビタミンを補うために、果物を食べましょう。
為了補充維他命，吃些水果吧。

□お気の毒に
（おきのどくに）

【連語】可憐，令人同情；對不起

お子さんがなくられて、お気の毒に。

您小孩過世了，眞是遺憾。

□怠る
（おこたる）

【他自五】怠慢，疏忽，懶惰

練習を怠ったら、下手になってしまった。

疏於練習，變差了。

□押さえる
（おさえる）

【他下一】按，壓；控制

血が出ないように、傷口を押さえましょう。

爲了防止出血，壓住傷口吧！

□幼い
（おさない）

【形】幼小的；孩子氣，幼稚的

幼いときの思い出は、いつまでも忘れない。

童年的回憶，直到現在也忘不了。

□収める
（おさめる）

【他下一】收，接受；取得，獲得

見事に成功を収めた。

取得了徹底的成功。

□惜しい
（おしい）

【形】可惜的

勉強をやめてしまっては惜しいです。

把學業放棄掉眞是可惜。

□汚染
（おせん）

【名，自他サ】污染

川が汚染されて、魚が死んでしまった。

河川被污染，魚死了。

□恐らく
（おそらく）

【副】恐怕，很可能

今日は恐らく雨は降らないでしょう。

今天也許不會下雨吧。

39

□恐れる
（おそれる）

【自下一】害怕，恐懼

私は死ぬことを恐れています。
我很害怕死亡。

□教わる
（おそわる）

【他五】受教，跟…學習

昨日は、平仮名の書き方を教わりました。
我昨天學平假名的寫法。

□穏やか
（おだやか）

【形動】平穩，平靜；溫和，安祥

うちの母は、とても穏やかな性格です。
家母個性很溫和。

□落ち着く
（おちつく）

【自五】（心神，情緒等）穩靜，鎮靜

大丈夫だから落ち着いてください。
已經沒關係了，請鎮靜一下。

□脅かす
（おどかす）

【他五】威脅，嚇唬

日本語は難しいぞと、彼を脅かした。
我嚇唬他說：「日文很難唷！」。

□大人しい
（おとなしい）

【形】老實，溫順

あの子は行儀がよくて、大人しいです。
那小孩又有禮貌，又很老實。

□劣る
（おとる）

【自五】劣，不如

この製品は、他のものより劣っている。
這個產品比其他的差。

□驚かす
（おどろかす）

【他五】嚇唬，驚動

大きな声を出して驚かさないでください。
請不要大叫嚇唬人了。

□溺れる （おぼれる）	【自下一】淹死，溺水 海で溺れたところを助けてもらいました。 在海邊溺水時被救了上來。
□おめでたい	【形】可喜，可賀 結婚が決まったとは、おめでたい。 婚事決定了，眞是可喜可賀。
□思い掛けない （おもいがけない）	【形】意想不到的，偶然的 彼に出会うとは、思いがけないことでした。 沒想到還會跟他再見面。
□思い切り （おもいきり）	【副】狠狠地，痛快地 思い切り息を吸い込んでください。 請深呼吸。
□思い込む （おもいこむ）	【自五】確信，深信，以爲；下決心 私は彼が警官だと思いこんでいた。 我以爲他是警官。
□思い付く （おもいつく）	【自他五】（忽然）想起，想到 なかなかいいアイディアを思いつきません。 想不出好的辦法來。
□重たい （おもたい）	【形】分量重的，心情沉重 とても重たいから、半分置いていきます。 太重了，先放一半下來。

□思わず
（おもわず）

【副】禁不住，不由得，意想不到地

びっくりして、思わず大きな声を出してしまいました。

嚇了一跳，不禁大叫起來。

□及ぼす
（およぼす）

【他五】波及，影響到

彼の発言は、多くの人に影響を及ぼした。

他說的話影響了很多人。

□カーブ	【名，自サ】彎曲
	線路が大きく右にカーブしている。
	鐵軌向右轉了個大彎。

□外	【接尾】外
（がい）	時間外の面会は、あちらの入り口からお願い
	します。
	會面時間外，請從那個入口進入。

□開会	【名，自サ】開會
（かいかい）	オリンピックの開会式はすごかった。
	奧運會的開幕儀式很精彩。

□改革	【名，他サ】改革
（かいかく）	徹底的な改革を行わなければならない。
	一定得徹底進行改革。

□解決	【名，自他サ】解決
（かいけつ）	あの事件は、やっと解決した。
	那件事情終於解決了。

□改札	【名，自サ】(車站等)的驗票
（かいさつ）	待合わせの場所は、駅の改札口にした。
	集合的地點決定在車站的剪票口。

□解散	【名，自他サ】解散，(集合等)散會
（かいさん）	部員が減ったため、テニス部を解散した。
	因爲會員減少，把網球部解散了。

□開始	【名，自他サ】開始
(かいし)	試合は午前十時に開始することになった。
	比賽在早上十點開始。

□解釈	【名，他サ】解釋，理解
(かいしゃく)	難しい単語には解釈がついている。
	較難的單字附有解釋。

□外出	【名，自サ】出門，外出
(がいしゅつ)	田中はただ今外出しております。
	田中先生現在外出。

□改正	【名，他サ】修正，改正
(かいせい)	不適切な規則は改正するべきだ。
	不恰當的規則應該修正。

□解説	【名，他サ】解說，說明
(かいせつ)	先生は問題の解き方を解説している。
	老師正在說明解題方法。

□改善	【名，他サ】改善
(かいぜん)	社員の待遇を改善するため、新しい提案が出された。
	為了改善公司職員待遇，而提出新方案。

□改造	【名，他サ】改造，改組，改建
(かいぞう)	二階を改造して子供部屋を作る。
	把二樓改建成小孩子的房間。

□階段	【名，自サ】樓梯
(かいだん)	長い階段を駆けあがったので、息が切れた。
	一口氣走完了很長的樓梯，上氣不接下氣。

□回転 （かいてん）	【名，自サ】旋轉，轉動 <ruby>車輪<rt>しゃりん</rt></ruby>が<ruby>回転<rt>かいてん</rt></ruby>している。 車輪旋轉著。
□回復 （かいふく）	【名，自他サ】恢復，康復 いったん<ruby>失<rt>うしな</rt></ruby>った<ruby>信用<rt>しんよう</rt></ruby>は、<ruby>回復<rt>かいふく</rt></ruby>するのに<ruby>時間<rt>じかん</rt></ruby>がかかる。 一旦失去信用，就得花很長時間才能恢復。
□解放 （かいほう）	【名，他サ】解放，解除 <ruby>最後<rt>さいご</rt></ruby>に<ruby>人質<rt>ひとじち</rt></ruby>はやっと<ruby>犯人<rt>はんにん</rt></ruby>から<ruby>解放<rt>かいほう</rt></ruby>された。 最後人質終於從犯人手中釋放了。
□開放 （かいほう）	【名，他サ】打開，開放 <ruby>学校<rt>がっこう</rt></ruby>の<ruby>体育館<rt>たいいくかん</rt></ruby>を<ruby>市民<rt>しみん</rt></ruby>に<ruby>開放<rt>かいほう</rt></ruby>した。 學校的體育館開放給市民使用。
□飼う （かう）	【他五】飼養（動物等） <ruby>猫<rt>ねこ</rt></ruby>を<ruby>三匹<rt>さんびき</rt></ruby><ruby>飼<rt>か</rt></ruby>っています。 養了三隻貓。
□帰す （かえす）	【他五】讓…回去 ５<ruby>時<rt>じ</rt></ruby>になったら<ruby>学生<rt>がくせい</rt></ruby>たちを<ruby>帰<rt>かえ</rt></ruby>します。 到五點便讓學生回去。
□却って （かえって）	【副】相反地，反而 <ruby>先生<rt>せんせい</rt></ruby>の<ruby>説明<rt>せつめい</rt></ruby>を<ruby>聞<rt>き</rt></ruby>いたら、<ruby>却<rt>かえ</rt></ruby>ってわからなくなった。 聽了老師的說明以後，反而弄糊塗了。

□返る （かえる）	【自五】回來 <ruby>彼<rt>かれ</rt></ruby>に<ruby>貸<rt>か</rt></ruby>した<ruby>漫画<rt>まんが</rt></ruby>が<ruby>返<rt>かえ</rt></ruby>ってきました。 借他的漫畫還我了。
□抱える （かかえる）	【他下一】（雙手）抱著 <ruby>三人<rt>さんにん</rt></ruby>の<ruby>子供<rt>こども</rt></ruby>を<ruby>抱<rt>かか</rt></ruby>えて<ruby>苦労<rt>くろう</rt></ruby>しています。 辛苦地扶養三個孩子。
□輝く （かがやく）	【自五】閃輝 <ruby>空<rt>そら</rt></ruby>に<ruby>星<rt>ほし</rt></ruby>が<ruby>輝<rt>かがや</rt></ruby>いている。 星星在夜空中閃耀。
□係る （かかわる）	【自五】關聯，涉及 <ruby>私<rt>わたし</rt></ruby>はこの<ruby>件<rt>けん</rt></ruby>には<ruby>係<rt>かかわ</rt></ruby>りたくありません。 我不想被牽涉進這件事當中。
□限る （かぎる）	【自他五】限定，限制 ２０<ruby>歳<rt>さい</rt></ruby><ruby>以上<rt>いじょう</rt></ruby>の<ruby>方<rt>かた</rt></ruby>に<ruby>限<rt>かぎ</rt></ruby>ります。 限２０歲以上的人。
□書く （かく）	【他五】寫；畫 <ruby>私<rt>わたし</rt></ruby>は<ruby>今<rt>いま</rt></ruby>、<ruby>推理小説<rt>すいりしょうせつ</rt></ruby>を<ruby>書<rt>か</rt></ruby>いています。 我正在寫推理小說。
□掻く （かく）	【他五】搔，砍，撥 <ruby>彼<rt>かれ</rt></ruby>は<ruby>恥<rt>は</rt></ruby>ずかしそうに<ruby>頭<rt>あたま</rt></ruby>を<ruby>掻<rt>か</rt></ruby>いた。 他搔著頭好像很害羞的樣子。
□確実 （かくじつ）	【名，形動】確實，可靠 <ruby>佐藤<rt>さとう</rt></ruby>さんの<ruby>当選<rt>とうせん</rt></ruby>が<ruby>確実<rt>かくじつ</rt></ruby>になりました。 已確定佐藤先生當選了。

□学習
（がくしゅう）

【名，他サ】學習

今、Ａクラスでは英語を学習しています。
現在Ａ班在上英語課。

□拡大
（かくだい）

【名，自他サ】擴大，放大

写真を引き伸ばして拡大してください。
請把照片放大。

□確認
（かくにん）

【名，他サ】證實，判明

警察は容疑者の身元の確認を急いでいる。
警察急著確認嫌疑犯的身份。

□隠れる
（かくれる）

【自下一】躲藏，潛在，隱遁

子供たちはどこに隠れているんだろう？
孩子躲到哪裡去了？

□掛ける
（かける）

【他下一】掛，放上，蓋，花費

コートはそこに掛けておいてください。
請把外套掛在那裡。

□欠ける
（かける）

【自下一】弄出缺口，缺

彼には行動力が欠けている。
他缺乏行動力。

□囲む
（かこむ）

【他五】圍，包圍

先生を囲んで食事をしましょう。
圍著老師吃飯吧。

□重なる
（かさなる）

【自五】重疊，重複

悪いことがいくつも重なった。
禍不單行。

□重ねる
（かさねる）

【他下一】重疊起來，重複
お<ruby>皿<rt>さら</rt></ruby>を<ruby>重<rt>かさ</rt></ruby>ねて<ruby>置<rt>お</rt></ruby>きます。
把碗盤疊好放著。

□飾る
（かざる）

【他五】裝飾，粉飾
テーブルを<ruby>花<rt>はな</rt></ruby>で<ruby>飾<rt>かざ</rt></ruby>りました。
桌上擺飾著花。

□賢い
（かしこい）

【形】聰明的，周到
<ruby>犬<rt>いぬ</rt></ruby>はなかなか<ruby>賢<rt>かしこ</rt></ruby>い<ruby>動物<rt>どうぶつ</rt></ruby>です。
狗是很聰明的動物。

□齧る
（かじる）

【他五】啃，一知半解
りんごをかじったら、<ruby>歯<rt>は</rt></ruby>が<ruby>欠<rt>か</rt></ruby>けてしまった。
啃蘋果時牙齒斷了。

□貸す
（かす）

【他五】借出，幫助別人
お<ruby>金<rt>かね</rt></ruby>を<ruby>貸<rt>か</rt></ruby>してください。
請借我錢。

□固い
（かたい）

【形】硬的，堅固的，可靠的
<ruby>固<rt>かた</rt></ruby>い<ruby>煎餅<rt>せんべい</rt></ruby>は<ruby>噛<rt>か</rt></ruby>めません。
硬的仙貝咬不動。

□片付く
（かたづく）

【自五】收拾，處理好
<ruby>部屋<rt>へや</rt></ruby>が<ruby>片<rt>かた</rt></ruby>づいたら、<ruby>食事<rt>しょくじ</rt></ruby>に<ruby>行<rt>い</rt></ruby>きましょう。
把房間收拾好後吃飯去吧！

□傾く
（かたむく）

【自五】傾斜
ちょっと<ruby>見<rt>み</rt></ruby>て。あの<ruby>塔<rt>とう</rt></ruby>は<ruby>傾<rt>かたむ</rt></ruby>いているよ。
你看，那座塔是傾斜的。

□片寄る
（かたよる）
【自五】偏於，不公正
片寄った考えを持ってはいけません。
不能有偏頗的想法。

□語る
（かたる）
【他五】說，說唱
今日は、世界情勢について大いに語りましょう。
今天，我們就世界局勢好好談一談吧。

□～がち
【接尾，形動】容易，多於
彼女は学生時代病気がちでした。
她學生時代體弱多病。

□勝つ
（かつ）
【自五】勝，克服
とうとうチャンピオンに勝つことができた。
終於贏得比賽冠軍了。

□がっかり
【副，形動，自サ】灰心喪氣，筋疲力盡
不合格だったので、がっかりした。
因為沒考上，所以灰心喪氣。

□担ぐ
（かつぐ）
【他五】扛，挑
荷物は私が担いであげます。
我來幫你扛行李。

□括弧
（かっこ）
【名，他サ】概括
書名を括弧でくくってください。
請用括弧把書名括起來。

□格好　　　　　【形動】適當，恰好
（かっこう）
パーティーには、どんな格好で行ったらいい
ですか？
穿甚麼去參加舞會好呢？

□合唱　　　　　【名，他サ】合唱，一齊唱
（がっしょう）
家族全員でクリスマスソングを合唱する。
全家一起合唱聖誕歌。

□活動　　　　　【名，自サ】活動
（かつどう）
彼は小説家として幅広く活動している。
他以小說家的身份活躍於各界。

□仮定　　　　　【名，自サ】假定，假設
（かてい）
犯人はこの窓から入ったと仮定して、推理を
進める。
假設犯人是從窗戶進入，來進行推理。

□勝手に　　　　【形動】任意，任性
（かってに）
それなら、勝手にやったらいいでしょう。
那麼，就隨你便吧？

□活躍　　　　　【名，自サ】活躍
（かつやく）
彼はオリンピックで活躍しました。
他在奧林匹運動會中很活躍。

□悲しい　　　　【形】悲傷的，遺憾的
（かなしい）
そんなことを言われると、悲しくなります。
被別人這樣說，讓我很傷心。

□悲しむ　　　　【他五】感到悲傷
（かなしむ）　　あまり悲しまないでください。
　　　　　　　　請別那麼難過。

□必ず　　　　　【副】一定
（かならず）　　必ず手紙を書きます。
　　　　　　　　一定給你寫信。

□必ずしも　　　【副】不一定，未必
（かならずしも）必ずしもうまくいくとは限らない。
　　　　　　　　未必能進行順利。

□かなり　　　　【副，形動，名】相當

　　　　　　　　あなたのピアノもかなり進歩しましたね。
　　　　　　　　你琴藝精進多了。

□兼ねる　　　　【他下一】兼備，不能
（かねる）　　　この書類は、領収書を兼ねています。
　　　　　　　　這些文件附有收據。

□カバー　　　　【名，他サ】罩，套

　　　　　　　　本にカバーをかけましょうか？
　　　　　　　　書要上封套嗎？

□被せる　　　　【他下一】蓋上，（用水）澆沖
（かぶせる）　　料理に布をかぶせておきましょう。
　　　　　　　　把菜餚用布蓋上吧。

□構う　　　　　【自他五】（沒）關係，照顧，招待
（かまう）　　　あんなやつを構うのはやめなさい。
　　　　　　　　不要理會那傢伙。

□噛む
（かむ）
【他五】咬
よく噛んで食べましょう。
細嚼後再吞下。

□痒い
（かゆい）
【形】癢的
目が痒くてたまりません。
眼睛癢得受不了。

□辛い
（からい）
【形】辣的，嚴格的
四川料理は本当に辛いですね。
四川菜很辣。

□からかう
【他五】嘲弄，逗弄
猫をからかったら、ひっかかれた。
逗弄貓時，被貓抓傷。

□借りる
（かりる）
【他上一】借
ちょっとペンを借りてもいいですか？
筆可以借我一下嗎？

□刈る
（かる）
【他五】割，剪
田んぼへ草刈りをしに行って来ます。
到田裡割草。

□軽い
（かるい）
【形】輕的，清淡的
このかばんは、とても軽くて便利です。
這個皮包又輕又方便。

□枯れる
（かれる）
【自下一】枯萎，老練
庭の木が全部枯れてしまった。
庭園中的樹木全枯萎了。

□可愛い
（かわいい）
【形】可愛的
可愛いお孫さんですね。
您孫兒眞可愛。

□可愛がる
（かわいがる）
【他五】喜愛，折磨
祖父は私をとても可愛がってくれました。
祖父非常疼愛我。

□可哀想
（かわいそう）
【形動】可憐
そんなに苛めたら、可哀想でしょう？
這樣欺負人家，不是很可憐嗎？

□可愛らしい
（かわいらしい）
【形】可愛的，好玩的
まあ、可愛らしい服ですね。
嘩！好可愛的衣服。

□乾かす
（かわかす）
【他五】曬乾
濡れた髪を乾かすのは、時間がかかる。
弄乾頭髮很花時間。

□乾く
（かわく）
【自五】乾
洗濯物が乾いたから、取り込みましょう。
衣服乾了，收進來吧。

□変わる
（かわる）
【自五】變化
この薬品を入れると、液体の色が変わります。
加進這種藥物後，液體會變色。

□考える
（かんがえる）
【他下一】想，預料，有…想法
何を専攻しようか、今考えています。
我正在考慮要研究什麼？

□ 関係
（かんけい）

【名，自サ】關係，有關…的方面

それはあなたには関係ないでしょう？
那跟你沒有關係吧？

□ 歓迎
（かんげい）

【名，他サ】歡迎

新入生を歓迎するパーティを開きましょう。
舉辦一次新生歡迎會吧。

□ 感激
（かんげき）

【名，自サ】感激，感動

友だちのやさしい心遣いに感激した。
對朋友親切的關懷很是感動。

□ 観光
（かんこう）

【名，他サ】觀光，旅遊

午後から、京都市内を観光するつもりです。
下午打算參觀京都市。

□ 感じる・ずる
（かんじる・ずる）

【自他サ】感覺到

感じたことを話してください。
請說你的感想。

□ 関する
（かんする）

【自サ】關於

文学に関する講演があります。
有一個關於文學的演講。

□ 完成
（かんせい）

【名，自他サ】完成

二年後、ビルがついに完成した。
兩年之後，大樓終於完成了。

□ 乾燥
（かんそう）

【名，自他サ】乾燥

肌が乾燥して、すごく痒いです。
皮膚很乾，非常癢。

□観測
（かんそく）
【名，他サ】観察，観測
星の観測はあそこで行うことにした。
觀察星星的活動決定在那裡舉行。

□簡単
（かんたん）
【名，形動】簡單
料理を作るのは簡単です。
做菜很簡單。

□勘違い
（かんちがい）
【名，自サ】想錯，誤會
勘違いして、一つ手前の駅で降りてしまった。
弄錯了，早了一站下車。

□感動
（かんどう）
【名，自サ】感動
感動のあまり、涙が出てきた。
過於感動而流下眼淚。

□監督
（かんとく）
【名，他サ】監督，督促
野球部の監督は、田中さんです。
棒球隊的教練是田中先生。

□乾杯
（かんぱい）
【名，自サ】乾杯
我々の将来のために乾杯！
為我們的未來而乾杯！

□頑張る
（がんばる）
【自五】努力
頑張って勉強しています。
用功讀書。

□看病
（かんびょう）
【名，他サ】看護
弟といっしょに父の看病をした。
和弟一起看護父親。

□管理
（かんり）

【名，他サ】管理

東京に出たら、自分の健康管理をちゃんとしてくださいね。

到了東京之後，請好好注意自己的身體健康。

□完了
（かんりょう）

【名，自他サ】完了，完畢

器具の点検を完了して、工場から出た。

檢查完機械，就離開了工廠。

□関連
（かんれん）

【名，他サ】關聯

関連資料を集めました。

收集相關的資料。

き

□記憶
（きおく）

【名，他サ】記憶

彼のことならはっきり記憶に残っています。
他的事我記得很清楚。

□効く
（きく）

【自五】有効，奏効

この薬は効きますか？
這種藥有效嗎？

□刻む
（きざむ）

【他五】切碎，剁碎

ねぎを細かく刻みます。
把蔥剁碎。

□着せる
（きせる）

【他下一】給，穿上（衣服）

人形に洋服を着せます。
幫娃娃穿上洋裝。

□期待
（きたい）

【名，他サ】期待，期望

彼女は親の期待に反して、女優になった。
她違背了父母的期待，成了女演員。

□帰宅
（きたく）

【名，自サ】回家

父はいつも１２時すぎに、帰宅する。
父親經常１２點過後才回家。

□きちんと

【副】整齊，乾乾淨淨

きちんと片づけてください。
請收拾好。

□ きつい　【副】強烈的，厲害的
あなたの言い方はとてもきつい<ruby>言<rt>い</rt></ruby>い<ruby>方<rt>かた</rt></ruby>はとてもきついです。
你說得太苛薄了。

□ 気付く　【自五】察覺，注意到
（きづく）
<ruby>私<rt>わたし</rt></ruby>がいけなかったと<ruby>気<rt>き</rt></ruby>づいた。
我發覺是我的不對。

□ ぎっしり　【副】（裝或擠得）滿滿的
<ruby>本棚<rt>ほんだな</rt></ruby>に<ruby>本<rt>ほん</rt></ruby>がぎっしり<ruby>詰<rt>つ</rt></ruby>まっている。
書架上擺滿了書。

□ きっと　【副】一定
<ruby>彼<rt>かれ</rt></ruby>はきっと<ruby>来<rt>く</rt></ruby>るでしょう。
他一定會來的吧！

□ 気に入る　【連語】稱心如意，喜歡
（きにいる）
プレゼントは<ruby>気<rt>き</rt></ruby>に<ruby>入<rt>い</rt></ruby>りましたか？
喜歡這禮物嗎？

□ 記入　【名，自サ】填寫，寫入
（きにゅう）
こちらに<ruby>お名前<rt>なまえ</rt></ruby>を<ruby>記入<rt>きにゅう</rt></ruby>してください。
請在這裡填寫你的名字。

□ 記念　【名，自サ】紀念
（きねん）
<ruby>旅行<rt>りょこう</rt></ruby>の<ruby>記念<rt>きねん</rt></ruby>に<ruby>駅<rt>えき</rt></ruby>でスタンプを<ruby>押<rt>お</rt></ruby>した。
為了記念這次的旅行，在車站蓋了個紀念郵戳。

□ 気の毒　【名，形動】可憐，可悲
（きのどく）
<ruby>地震<rt>じしん</rt></ruby>で<ruby>家<rt>いえ</rt></ruby>が<ruby>壊<rt>こわ</rt></ruby>れたなんて、<ruby>本当<rt>ほんとう</rt></ruby>に<ruby>お気<rt>き</rt></ruby>の<ruby>毒<rt>どく</rt></ruby>だ。
因地震使得家園遭到破壞，真是遺憾。

□希望
（きぼう）

【名，他サ】希望，期望

いくら失敗しても、弁護士になる希望はなく
しません。

無論怎麼失敗，也不放棄成為律師的願望。

□休業
（きゅうぎょう）

【名，自サ】停業，歇業

あそこのそばやは、今日休業ですよ。

那家蕎麥麵店今天停業。

□休講
（きゅうこう）

【名，自サ】停課

今日の二限は休講になってますよ。

今天第二堂停課。

□急行
（きゅうこう）

【名，自サ】急往，快車

急行は、品川に停まりますか？

快車停靠品川嗎？

□救助
（きゅうじょ）

【名，他サ】救助，搭救

おぼれかけていた人を漁船が救助した。

漁船把溺水的人救了上來。

□休息
（きゅうそく）

【名，自サ】休息，中止

食後はしばらく、休息をとった方がいいです
よ。

飯後最好休息一下。

□急速
（きゅうそく）

【形動】迅速的，快速的

二人は急速に親しくなった。

兩人很快地親密起來。

□急に
（きゅうに）

【副】忽然，突然

急に飛び出してきたからびっくりした。
突然跑出來讓我嚇了一跳。

□休養
（きゅうよう）

【名，自サ】休養

この頃は忙しくて休養を取るひまもないわ。
最近忙得連休息的時間都沒有。

□清い
（きよい）

【副】清徹的，（內心）正派的

彼女の心は清くて汚れがない。
她很純潔。

□強化
（きょうか）

【名，他サ】強化

日本チームは、投手陣を強化している。
日本隊加強了投手陣容。

□供給
（きょうきゅう）

【名，他サ】供給，供應

貧しい地域にヘリコプターで食糧を供給している。
用直升機提供食物給貧窮的地區。

□強調
（きょうちょう）

【名，他サ】強調

「ここはポイントだ」と先生は強調した。
老師強調：「這裡是重點」。

□共通
（きょうつう）

【名，形動，自サ】共同，通用

これは両国に共通する問題だ。
這是兩國共同的問題。

□共同
（きょうどう）

【名，自サ】共同

大学と企業が共同で研究する。
大學與企業共同進行研究。

□**協力**
（きょうりょく）

【名，自サ】協力，合作
途上国の開発に協力する。
致力於開發發展中國家。

□**行列**
（ぎょうれつ）

【名，自サ】行列
おいしい店に行列する。
好吃的店等候的人排成一列。

□**嫌う**
（きらう）

【他五】嫌惡，厭惡
私は彼に嫌われています。
他討厭我。

□**〜切る**
（きる）

【接尾】（接助詞運用形）表示達到極限，完
こんなにたくさんあったら食べきれない。
那麼多東西吃不完。

□**綺麗**
（きれい）

【形動】美麗，漂亮；乾淨
きれいな花が咲いています。
美麗的花朵綻放著。

□**記録**
（きろく）

【名，他サ】記錄，記載
彼は今回の水泳競技でいい記録を出したいと
言っている。
他說要在這次的游泳比賽中游出好成績。

□**議論**
（ぎろん）

【名，自他サ】爭論
パンダとコアラはどちらがかわいいかで、ぼ
くと弟は議論をした。
我與弟弟爭論著貓熊跟無尾熊，那種比較可
愛。

□禁止 （きんし）	【名，他サ】禁止 このマンションでは犬を飼うことは禁止され ています。 這幢大樓禁止飼養動物。
□緊張 （きんちょう）	【名，自サ】緊張 試験の前は緊張してのどが渇いた。 考試之前心情緊張而感到口渴。
□切れる （きれる）	【自下一】中斷；銳利 このはさみはよく切れますよ。 這把剪刀很銳利。

□食う （くう）	【他五】（俗）吃，（蟲）咬 犬が肉を食っている。 狗在吃肉。
□空想 （くうそう）	【名，他サ】空想，幻想 実行しないと、空想に終わってしまうよ。 不實際去做的話，最後也只成空想罷了。
□区切る （くぎる）	【他四】（把文章）斷句，分段 文章を二つに区切ります。 把文章分成二段。
□崩す （くずす）	【他五】拆毀，粉碎；倒塌；（錢）找零 荷物の山を崩してしまった。 如山般的行李倒塌了。
□崩れる （くずれる）	【他】崩潰，倒塌 裏山が崩れたので、避難した。 後山崩塌了，於是避難去了。
□苦心 （くしん）	【名，自サ】苦心，費心 これは姉の苦心の作です。 這是姐姐煞費心思的作品。
□砕く （くだく）	【他五】打碎，弄碎 氷を砕いてコップに入れる。 把冰塊打碎放進杯子裡。

□砕ける （くだける）	【自下一】破碎，粉碎 壺が落ちて砕けてしまった。 茶壺掉到地上碎了。
□くたびれる	【自下一】疲勞，疲乏 一日中仕事をして、くたびれてしまった。 整天工作，累垮了。
□下らない （くだらない）	【連語，形】無價值，無聊 私はそんな下らない本は読みたくありません。 那麼荒誕無稽的書我才不想讀。
□ぐっすり	【副】熟睡，酣睡 昨夜はぐっすり寝られましたか？ 您昨天睡得好嗎？
□くっ付く （くっつく）	【自五】緊貼在一起，附著 くっ付いて取れなくなってしまった。 緊貼著撕不下來。
□くっ付ける （くっつける）	【他下一】把…粘上，把…貼上；使靠近 のりで二枚の紙をくっつける。 用膠水把兩張紙黏起來。
□くどい	【形】冗長乏味的；（味道）過於膩的 あの人は話がくどいから、面倒くさい。 那人的話冗長沒趣，很麻煩。
□工夫 （くふう）	【名，自サ】設法 工夫して作った箱を、先生に褒められた。 花了工夫做的箱子，被老師稱讚了。

☐区分 （くぶん）	【名，他サ】區分，分類 図書を作者によって、日本と外国とに区分する。 圖書按照作者，分成日本和國外兩類。
☐区別 （くべつ）	【名，他サ】區別，分清 男女の区別なく全員グランドを一周した。 不分男女全部人跑了運動場一周。
☐組み立てる （くみたてる）	【他下一】組織，組裝 この家具は、自分で組み立てることができます。 家俱可以自行組裝。
☐組む （くむ）	【自五】聯合，組織起來 チームを組んで、調査をしましょう。 組隊伍進行調查吧！
☐汲む （くむ）	【他五】打水，取水 水を汲んできてくれますか？ 可以幫我打水來嗎?
☐曇る （くもる）	【自五】天氣陰，朦朧 午後から曇ってくるそうです。 聽說從下午開始天氣會轉陰。
☐悔しい （くやしい）	【形】令人懊悔的 試合に負けて悔しいです。 比賽失敗感到很懊悔。

□悔やむ	【他五】懊悔的，後悔的
（くやむ）	今更悔やんでもしょうがない。 現在後悔也無濟於事。
□暮す	【自他五】生活，度日
（くらす）	彼女は、両親と一緒に暮らしています。 她和父母親一起住。
□比べる	【他下一】比較，對照
（くらべる）	東京と比べると、大阪は物価が安いです。 和東京比較，大阪的物價較爲便宜。
□繰り返す	【他五】反覆，重覆
（くりかえす）	もう一度繰り返して練習しましょう。 再重複一次練習吧！
□苦しむ	【自五】感到痛苦，感到難受
（くるしむ）	一人で苦しまないで、誰かに相談したらどうですか？ 不要一個人煩惱，找個人談談如何？
□苦しめる	【他下一】使痛苦，欺負
（くるしめる）	私を苦しめないでください。 不要再增加我的痛苦了。
□包む	【他五】包，裹
（くるむ）	紙に包んでしまっておく。 先用紙包好。
□くれぐれも	【副】反覆，周到
	お母さんにくれぐれもよろしく。 請務必幫我跟您母親問好。

| □苦労 | 【名，形動，自サ】辛苦，辛勞 |
| （くろう） | 若いころ勉強をしなければ、将来きっと苦労するよ。
年青不用功，將來會很苦的。 |

| □加える | 【他下一】加，加上 |
| （くわえる） | ちょっと砂糖を加えると、ずっとおいしくなりますよ。
只要加一點糖，就好吃多了。 |

| □銜える | 【他下一】叼，銜 |
| （くわえる） | お父さんは煙草を口に銜えている。
父親嘴裡叼著香煙。 |

| □加わる | 【自五】增加，參加 |
| （くわわる） | 歴史研究のグループに加わっています。
加入歷史研究小組。 |

| □訓練 | 【名，他サ】訓練 |
| （くんれん） | 軍隊で軍事訓練をします。
在軍中進行軍事訓練。 |

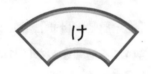

け

□ 経営
（けいえい）

【名，他サ】經營，管理
女の身で会社をうまく経営しています。
以女性的身份把公司經營得很好。

□ 警告
（けいこく）

【名，他サ】警告
赤信号を無視して警官に警告されました。
闖紅燈被警察警告。

□ 掲示
（けいじ）

【名，他サ】牌示，佈告
会社で、今週の目標が掲示されました。
公司公佈了本週的目標。

□ 継続
（けいぞく）

【名，自他サ】繼續，繼承
契約を来年まで継続してください。
請把契約延到明年。

□ 契約
（けいやく）

【名，自他サ】契約，合同
取引先と契約を結びました。
跟客戶簽了約。

□ 経由
（けいゆ）

【名，自サ】經過，經由
この電車は横浜を経由して、小田原まで行きます。
這電車行經橫濱一直到小田原。

□下車
（げしゃ）
【名，自サ】下車
途中下車をしたりして、のんびりした旅行をしたいです。
有時候中途下車，來個輕鬆的旅行。

□計画
（けいかく）
【名，他サ】計畫，規劃
帰国してからの計画を教えてください。
告訴我回國後的計畫。

□結果
（けっか）
【名，自他サ】結果，結局
思ったより悪い結果になりました。
結果比所想的更壞。

□決心
（けっしん）
【名，自他サ】決心，決意
大学受験をすることに決心しました。
決定報考大學。

□決定
（けってい）
【名，自他サ】決定，確定
今年の夏休みは、みんなでハワイに行くことに決定しました。
大家決定今年暑假去夏威夷旅行。

□結論
（けつろん）
【名，自サ】結論
この会議ではまとまった結論が出せません。
這次會議得不到結論。

□下品
（げひん）
【形動】卑鄙，下流
そんな下品なことは言わないで。
不要說那種下流的話。

□蹴る
（ける）
【他五】踢
ボールを蹴ったら、塀を越えていってしまった。
球一踢就越過圍牆了。

□けれど／
けれども
【接，接助】但是
日本語は難しいですけれど、一所懸命勉強します。
日語雖很難，但我會用心學習。

□険しい
（けわしい）
【形】崎嶇的，嚴峻的
険しい山道を歩いて、ここまで来ました。
越過崎嶇的山路，就來到了這裡。

□謙虚
（けんきょ）
【形動】謙虚
彼の態度はとても謙虚だった。
他的態度十分謙虚。

□健康
（けんこう）
【形動】健康的，健全的
健康に気をつけてがんばってください。
請注意身體健康。

□検査
（けんさ）
【名，他サ】検査，検験
今年の夏には、身体検査をする予定です。
預定在今年夏天做身體検查。

□厳重
（げんじゅう）
【形動】嚴重的
今度からやらないように、厳重に注意します。
我會很注意下次不再這麼做了。

□謙遜　　　　　【名，形動，自サ】謙遜
（けんそん）　　彼は、ほめられても、しきりに謙遜していました。
他即使被讚美，還是很謙遜。

□建築　　　　　【名，他サ】建築，建造
（けんちく）　　このビルは例の建築会社が建築したものです。
這大樓就是上次所提的建築公司所蓋的。

□検討　　　　　【名，他サ】研討
（けんとう）　　これはみんなで検討した結果です。
這是大家檢討後的結果。

□恋しい
（こいしい）

【形】思慕的
故郷の山が恋しいです。
懷念故鄉的山巒。

□強引
（ごういん）

【形動】強行，強制
強引に誘ったら、きっと彼も来るでしょう。
極力邀他，他一定會來吧。

□講演
（こうえん）

【名，自サ】演說，報告
先生は二時限目に広場で講演するそうです。
聽說第二堂課老師要在廣場上演講。

□豪華
（ごうか）

【形動】奢華的
たいへん豪華なプレゼントが当たります。
中了一份相當華麗的禮物。

□交換
（こうかん）

【名，他サ】交換，互換
この服は汚れていますから、交換してください。
這件衣服有髒點，我要退換。

□合計
（ごうけい）

【名，他サ】共計，合計
合計で九百九十円になります。
共計九百九十日圓。

□攻撃
（こうげき）

【名，他サ】攻撃，進攻
日本チームは攻撃し始めました。
日本隊開始進攻了。

□広告
（こうこく）

【名，他サ】廣告

新製品だから、広告した方がいいですよ。

這是新產品，最好做個廣告。

□交際
（こうさい）

【名，自サ】交際，交往

会社では社員同士が男女交際をすることが禁じています。

公司內禁止男女職員交往。

□交替
（こうたい）

【名，自サ】換班，輪流

選手の一人を交替させます。

換上了一位選手。

□肯定
（こうてい）

【名，他サ】肯定，承認

あのうわさを肯定するんですか？

你肯定那個謠言嗎？

□行動
（こうどう）

【名，自サ】行動

積極的な行動をします。

做出積極的行動。

□合同
（ごうどう）

【名，自サ】合併，聯合；迭合

この二つの図形は合同です。

這兩個圖形全等。

□交流
（こうりゅう）

【名，自サ】交流，往來

パネル討論会で東西文化の交流を論じます。

在專題研討會上討論東西文化的交流。

□考慮
（こうりょ）

【名，他サ】考慮

母親は子どものことでたくさんの注意事項を
考慮しなければなりません。
母親爲了孩子必須考慮到很多注意事項。

□肥える
（こえる）

【自下一】肥，肥沃

ここの畑の土は肥えています。
這田地的土壤很肥沃。

□コーチ

【名，他サ】教練，指導

あのコーチは鬼というあだながあるそうです。
聽説那教練有個外號叫「鬼」。

□誤解
（ごかい）

【名，他サ】誤解，誤會

あなたは私のことを誤解していませんか？
你是不是誤會我了？

□焦がす
（こがす）

【他五】弄糊，烤焦

パンをうっかり焦がしてしまいました。
不小心把麵包烤焦了。

□呼吸
（こきゅう）

【名，自他サ】呼吸

人間は呼吸しなければ生きられませんよ。
人不呼吸就不能生存。

□漕ぐ
（こぐ）

【他五】划船

船を漕いで向こう岸に行きます。
划船到對岸去。

□極
（ごく）

【副】非常，最

このことは極少数の人しか知りません。
這件事只有極少數的人知道。

□焦げる
（こげる）

【自下一】烤焦

おもちが焦げています。
麻薯烤焦了。

□ご苦労さま
（ごくろうさま）

【名，形動ダ】受累，辛苦

ご苦労さまでした。また明日。
今天辛苦了，明天見。

□凍える
（こごえる）

【自下一】凍僵

あまり寒くて、凍えてしまった。
天氣太冷，身體都凍僵了。

□心得る
（こころえる）

【他下一】懂得，領會

やり方はすっかり心得ていますから大丈夫です。
我知道作法，你不用擔心

□腰掛ける
（こしかける）

【自下一】坐下

ここに腰掛けてはいけません。
這裡不能坐。

□こしらえる　　【他下一】製造
新しい服をこしらえた。
做了新的衣服。

□越す
（こす）　　【自他五】越過；遷居
彼らは隣町に越した。
他們搬去隔壁的城鎮。

□擦る
（こする）　　【他五】擦，揉
擦っても汚れが落ちません。
擦不掉污漬。

□ご馳走
（ごちそう）　　【名，他サ】好飯菜；款待
ご馳走をたくさん用意して待っています。
準備了豐盛的菜餚等你來。

□ご馳走様でした　　【連語】承蒙您的款待
（ごちそうさま・でした）　今日はご馳走様でした。
謝謝你今天的款待。

□こっそり　　【副】悄悄地，偷偷地
自分の部屋でこっそりお菓子を食べた。
偷偷地在自己的房裡吃糖果。

□言付ける
（ことづける）　　【他下一】托帶口信
彼はいなかったので、同僚にメッセージを言付けました。
他不在所以留言給他同事。

76

□異なる
（ことなる）
【自五】不同
私と異なる考えを持つ人は、たくさんいます。
有很多人跟我的想法不同。

□好む
（このむ）
【他五】愛好，喜歡
彼は甘いものを好みます。
他很喜歡甜食。

□零す
（こぼす）
【他五】潑撒，把…灑落
テーブルにお茶をこぼしてしまった。
茶翻倒在桌子上。

□溢れる
（こぼれる）
【自下一】壊，損壊
グラスからジュースが溢れてしまいました。
茶杯摔壞了。

□転がす
（ころがす）
【他五】滾動
ボーリングのボールを転がす。
滾動保齡球。

□転がる
（ころがる）
【自五】滾動
山の上から石が転がってきました。
石頭從山上滾了下來。

□殺す
（ころす）
【他五】殺死，致死
犯人に殺されたのは、何人ですか？
犯人殺了多少人？

□転ぶ
（ころぶ）
【自五】滾
滑って転んでしまいました。
滑倒了。

□混合
（こんごう）

【名，自他サ】混合

二つの液を混合すると、化学反応を起こします。

兩種液體一混在一起，就產生了化學變化。

□混雑
（こんざつ）

【名，自サ】混亂，混雜

通勤ラッシュで道路は車で混雑しています。

上班的尖峰時間，路上擠滿了車輛。

□困難
（こんなん）

【名，形動】困難

勉強しないで、合格することは困難です。

不讀書很難考上的。

□婚約
（こんやく）

【名，自サ】訂婚

彼氏と来月中旬に婚約する予定です。

準備下個月中旬和男朋友訂婚。

□混乱
（こんらん）

【名，自サ】混亂

そんなにしゃべったら、頭が混乱するじゃないの。

你說那麼多，不是叫人搞混了嗎？

□在学
（ざいがく）

【名，自サ】在校，上學
息子は現在大学の文学部に在学しています。
兒子現在就讀於大學的文學系。

□催促
（さいそく）

【名，他サ】催促
銀行から借りたお金の返済を催促されています。
銀行來催繳借款。

□裁判
（さいばん）

【名，他サ】裁判，審判
民事訴訟の裁判を行います。
進行民事訴訟的審判。

□サイン

【名，自サ】簽名，作記號
あなたのファンです。サインをしてください。
我是你的歌迷，請幫我簽名。

□作業
（さぎょう）

【名，自サ】工作，操作
職員たちは作業に取りかかります。
職員們進行作業。

□裂く
（さく）

【他五】撕開
布を裂いて、ひもを作る。
撕開布作成繩子。

□削除
（さくじょ）

【名，他サ】刪掉，刪除
必要のない部分を削除します。
把不要的部分刪掉。

□作成
（さくせい）
【名，他サ】製作，製造
新たに図表を作成します。
製作新的圖表。

□叫ぶ
（さけぶ）
【自五】喊叫，大聲叫
誰かが叫ぶ声が聞こえます。
聽到有人在喊叫的聲音。

□避ける
（さける）
【他下一】躲避
争いを避けるのが、賢いやり方だ。
避免戰爭是最聰明的做法。

□支える
（ささえる）
【他下一】支撐，維持
私は多くの人に支えられてがんばっています。
我受到多人的支持，而努力著。

□囁く
（ささやく）
【自五】低聲自語，耳語
彼女は、「これは秘密よ。」と囁いた。
她小聲地說:「這是秘密喔!」。

□刺さる
（ささる）
【自五】刺在…，刺入
指に棘が刺さってしまいました。
手被刺刺到。

□差し上げる
（さしあげる）
【他下一】舉起
この茶碗をあなたに差し上げましょう。
這個茶杯送給你。

□差し引く
（さしひく）
【他五】扣除，減去
税金を差し引くと、２５万５千円になります。
扣除稅金共 25 萬 5 千日圓。

□刺す （さす）	【他五】刺，穿 フォークで肉を刺して食べます。 用叉子叉起肉吃。
□さす	【他五】指，指示 雨が降ってきたので、傘をさした。 下雨了，所以撐傘。
□流石 （さすが）	【名，形動，副】眞不愧是 彼の英語は流石に上手ですね。 他的英語不愧是高明的。
□誘う （さそう）	【他五】約，邀請 田中さんもパーティーに誘いましょう。 也一併邀請田中先生參加舞會吧！
□撮影 （さつえい）	【名，他サ】攝影，拍電影 彼女は写真の撮影が大好きです。 她很喜歡照相。
□作曲 （さっきょく）	【名，自他サ】作曲，譜曲 今流れている曲は山田という友人が作曲した ものです。 現在播放的歌曲是我的一個朋友叫山田作曲 的。
□さっき	【副】剛才，方才 さっき来た人は誰ですか？ 剛剛來的人是誰呀？

さ

□ざっと	【副】粗略地，簡略地
	資料にざっと目を通しました。
	大致把資料看過。

□さっぱり	【副】整潔，俐落
	風呂に入ってさっぱりしました。
	洗完澡後覺得很清爽。

□さて	【副】一旦，果真
	さて、今日は何を食べましょうか？
	接下來，今天吃些甚麼呢？

□錆びる	【自上一】生誘，長誘
（さびる）	自転車が錆びてしまいました。
	腳踏車生銹了。

□差別	【名，他サ】區別，歧視
（さべつ）	どんな場合でも、差別することは悪いことで
	す。
	不管在甚麼場合，歧視都是不對的。

□冷ます	【他五】冷卻，弄涼
（さます）	料理を冷ましてから冷蔵庫に入れます。
	菜涼了再放進冰箱。

□覚ます	【他五】弄醒，喚醒
（さます）	子供が目を覚ましたら、牛乳を飲ませましょ
	う。
	小孩醒了之後給他喝牛奶。

□妨げる
（さまたげる）
【他下一】阻礙，防礙
<ruby>車<rt>くるま</rt></ruby>の<ruby>通行<rt>つうこう</rt></ruby>を<ruby>妨<rt>さまた</rt></ruby>げないでください。
請不要阻礙車子通行。

□左右
（さゆう）
【名，他サ】支配，操縱
<ruby>彼<rt>かれ</rt></ruby>の<ruby>一言<rt>ひとこと</rt></ruby>が<ruby>計画<rt>けいかく</rt></ruby>の<ruby>流<rt>なが</rt></ruby>れを<ruby>左右<rt>さゆう</rt></ruby>します。
他的一句話左右了整個計劃的流程。

□更に
（さらに）
【副】更加，更進步
<ruby>塩<rt>しお</rt></ruby>と<ruby>胡椒<rt>こしょう</rt></ruby>を<ruby>入<rt>い</rt></ruby>れ、さらにしょう<ruby>油<rt>ゆ</rt></ruby>をたらします。
加了鹽和胡椒之後再淋上油。

さ

□去る
（さる）
【自五】離開
<ruby>彼<rt>かれ</rt></ruby>は<ruby>黙<rt>だま</rt></ruby>って<ruby>去<rt>さ</rt></ruby>っていきました。
他默不吭聲地走了。

□騒がしい
（さわがしい）
【形】吵鬧的
<ruby>何<rt>なん</rt></ruby>だか<ruby>外<rt>そと</rt></ruby>が<ruby>騒<rt>さわ</rt></ruby>がしいですね。
外面好像很吵的樣子。

□騒ぐ
（さわぐ）
【自五】吵鬧
<ruby>教室<rt>きょうしつ</rt></ruby>で<ruby>騒<rt>さわ</rt></ruby>いではいけません。
不可以在教室裡吵鬧。

□爽やか
（さわやか）
【形動】爽朗的，清爽的
<ruby>爽<rt>さわ</rt></ruby>やかな<ruby>季節<rt>きせつ</rt></ruby>になりました。
涼爽的季節到來了。

□触る （さわる）	【自五】觸碰 そこに触ると感電しますよ。 摸那裡會觸電的。
□参加 （さんか）	【名，自サ】參加，加入 次のパーティーには参加します。 參加下次的舞會。
□賛成 （さんせい）	【名，自サ】贊成，同意 この提案に賛成する人は手を挙げてください。 贊成這提案的人請舉手。

し

□試合
（しあい）

【名，自サ】比賽
やきゅう　しあい　か
野球の試合に勝ちました。
贏了棒球比賽。

□仕上がる
（しあがる）

【自五】做完，完成
あたら　ふく　しあ
新しい服が仕上がりました。
新的衣服做好了。

□塩辛い
（しおからい）

【形】鹹的
わたし　しおから　だいす
私は塩辛いものが大好きです。
我最喜歡吃鹹的東西。

□司会
（しかい）

【名，自他サ】司儀，主持會議
とうろんかい　しかい　やく　つと
討論会の司会役を務めさせていただきます。
讓我擔任這次研討會的司儀。

□四角い
（しかくい）

【形】四角的，四方的
じっけん　しかく　はこ　ようい
実験のために、四角い箱を用意してください。
爲了做實驗，請準備四角型的箱子。

□直に
（じかに）

【副】直接地，親自地
かれ　じか　はなし　おも
彼と直に話がしたいと思います。
我想要親自跟他談。

□しかも

【接】而且
すてき　とけい
素敵な時計をもらいました。しかもブランド
ひん
品です。
我收到了一隻很棒的手錶，而且又是名牌的。

□叱る （しかる）	【他五】責備，斥責 悪いことをして先生に叱られました。 做了壞事被老師罵。
□直 （じき）	【副】很近，就在眼前 直に気候もよくなるでしょう。 天氣就快變好了吧。
□しきりに	【副】頻繁地，再三地 「遊びに行こう」と子供がしきりに催促する。 孩子再三催促説：「去玩啦！」。
□敷く （しく）	【自五】（作接尾詞用）舖滿；舖，洒 ふとんを敷いて寝ましょう。 舖上被子睡覺吧。
□刺激 （しげき）	【名，他サ】刺激，使興奮 大きな刺激を受けました。 受了很大的刺激。
□静まる （しずまる）	【自五】靜越來，變平靜 彼が怒鳴ると、教室が静まった。 他一大聲責罵，教室就安靜下來了。
□自殺 （じさつ）	【名，自サ】自殺 あの子は学校でのいじめに耐えられずに自殺しました。 那孩子受不了在學校被欺負而自殺了。
□支出 （ししゅつ）	【名，他サ】開支 この費用は国庫から支出します。 這筆費用由國庫支付。

□沈む　　　　【自五】沉沒
（しずむ）　　戦艦（せんかん）は、ゆっくりと海（うみ）に沈（しず）んでいった。
　　　　　　　戰艦慢慢地沈入海裡。

□従う　　　　【自五】跟隨
（したがう）　すべてあなたの指示（しじ）に従（したが）います。
　　　　　　　完全聽從你的指示。

□下書き　　　【名，他サ】草稿；寫草稿
（したがき）　演説（えんぜつ）の下書（したが）きをします。
　　　　　　　寫演講稿。

□したがって　【接續】因此，所以
　　　　　　　とても忙（いそが）しい。したがって、国（くに）へ帰（かえ）る時間（じかん）は
　　　　　　　ない。
　　　　　　　因為非常忙，所以沒有時間回國。

□支度　　　　【名，自他サ】準備
（したく）　　パーティーの食事（しょくじ）を支度（したく）します。
　　　　　　　準備舞會的餐點。

□親しい　　　【形】（血緣）近；親近
（したしい）　あなたは彼（かれ）ととても親（した）しいそうですね。
　　　　　　　你好像跟他很親近嘛！

□実感　　　　【名，他サ】眞實感
（じっかん）　試合（しあい）に本当（ほんとう）に勝（か）ったという実感（じっかん）があります。
　　　　　　　有真正感受到比賽獲勝的滋味。

□実験　　　　【名，他サ】實驗
（じっけん）　化学（かがく）の実験（じっけん）をします。
　　　　　　　做化學實驗。

□実現
（じつげん）
【名，自他サ】實現
夢を実現するには努力が必要です。
要實現夢想就必須努力。

□実行
（じっこう）
【名，他サ】實行
彼はいつも口ばかりで実行はしません。
他淨是光説不練。

□実施
（じっし）
【名，他サ】實施，實行
新しい方式は明日から実施されます。
新的方法明天起實行。

□実習
（じっしゅう）
【名，他サ】實習
工場に実習に行きます。
去工場實習。

□実に
（じつに）
【副】實在，的確
今度の作品は実に面白い。
這次的作品實在很有趣。

□失敗
（しっぱい）
【名，自サ】失敗
スペースシャトルの実験に失敗しました。
宇宙航空飛機的實驗失敗了。

□失望
（しつぼう）
【名，自サ】失望
母さんは私の不合格に失望しました。
母親對我沒考上感到失望。

□失恋
（しつれん）
【名，自サ】失戀
彼はまたまた失恋しました。
他又失戀了。

□指定
（してい）
【名，他サ】指定
お客さんにテーブルを指定されました。
客人要指定座位。

□指導
（しどう）
【名，他サ】指導，教導
是非先生に指導していただきたいです。
務必請老師指導。

□芝居
（しばい）
【名，自五】戲劇，戲劇性的
彼女は芝居を見るのが好きです。
她喜歡看戲。

□しばしば
【副】常常，每每
彼はしばしば私を訪ねました。
他常來找我。

□支払い
（しはらい）
【名，他サ】付款，支付
支払いは現金ですか？
你付現嗎？

□支払う
（しはらう）
【他五】支付，付款
料金は、月末に支払います。
月底付費。

□縛る
（しばる）
【他五】綁，捆
紐で縛って、持ちやすいようにしました。
用繩子綁得比較好拿。

□痺れる
（しびれる）
【自下一】麻木
足が痺れて歩けない。
腳麻沒辦法走。

□死亡
（しぼう）

【名，他サ】死亡

交通事故で死亡した。
因交通事故死亡了。

□凋む
（しぼむ）

【自五】枯萎

夕方になって、花はみな凋んでしまった。
一到傍晚花都凋謝了。

□絞る
（しぼる）

【他五】榨，擠

ぞうきんをよく絞って、床を拭きます。
把抹布擰乾擦地板。

□しまう

【自五】結束，完了，收拾

これはいらないから、しまっておきましょう。
這個不用了，把它收起來吧！

□しまった

【連語，感】糟糕，完了

「しまった」と思ったときはもう遅い。
心想「糟了」，就已經來不及了。

□自慢
（じまん）

【名，他サ】自滿，自誇

新しいカバンを自慢しています。
誇示自己的新皮包。

□しみじみ

【副】痛切，深切地

昔のことをしみじみ思い出す。
深深地回憶過去的總總。

□締切る
（しめきる）

【他五】截止，結束

応募は先月で締め切りました。
招募活動已在上個月截止了。

□示す （しめす）	【他五】出示，拿出來給…看 例 よくわからないので、例を示してください。 我實在不瞭解，請舉個例。
□しめた	【感】太好了，正中下懷 思わず「しめた」と叫んだ。 不由地叫聲：「太好了！」。
□占める （しめる）	【他下一】占領，佔據 平地が国の面積の９０パーセントを占めています。 平地佔全國面積的百分之九十。
□湿る （しめる）	【自五】濕 雨が降ったのか、土が湿っています。 是不是下雨了？土壤濕濕的。
□しゃがむ	【自五】蹲下 そんなところにしゃがんで、何をしているの？ 你蹲在那裡做什麼？
□借金 （しゃっきん）	【名，自サ】借款，欠款 返済できないのなら借金をするな。 還不了錢，就別借錢。
□しゃぶる	【他五】含，吸吮 子供があめをしゃぶっている。 小孩嘴裡含著糖。

し

□収穫
（しゅうかく）

【他サ】收獲
りゅうがく　いちばん　しゅうかく　なん
留学の一番の収穫は何ですか？
留學最大的收穫為何？

□集金
（しゅうきん）

【名，自，他サ】收款，催收的錢
しんぶん　しゅうきん
新聞の集金にまいりました。
來收您報費。

□集合
（しゅうごう）

【名，自，他サ】集合
こうてい　しゅうごう
校庭に集合してください。
請到操場集合。

□重視
（じゅうし）

【名，他サ】重視，認為重要
　　　　なに　いちばんじゅうし
あなたは、何を一番重視しますか？
你最重視什麼？

□就職
（しゅうしょく）

【名，自サ】就職，找到工作
やまだかぶしきかいしゃ　しゅうしょく　き
山田株式会社に就職が決まりました。
已經決定要到山田株式會社工作了。

□修正
（しゅうせい）

【名，他サ】修改，修正
　　じ　まちが　　　　　　　　　しゅうせい
この字が間違っているので、修正してください。
這個字錯了，請更正。

□渋滞
（じゅうたい）

【名，自サ】停滯不前
どうろ　じゅうたい　　　　　　ちこく
道路が渋滞していて、遅刻してしまった。
由於路上塞車，所以遲到了。

□重大
（じゅうだい）

【名，形動】重要的，嚴重的
しゅしょう　　　じゅうだい　はっぴょう
首相から、重大な発表があります。
首相有要事發表。

□集中
（しゅうちゅう）
【名，自，他サ】集中
夏休みに集中的に英語を勉強した。
暑假集中學了英語。

□就任
（しゅうにん）
【名，自サ】就職
彼は先月大統領に就任した。
他上個月就任總統之職。

□重要
（じゅうよう）
【名，形動】重要，要緊
重要なことは、すべて私に報告しなさい。
重要的事，全向我報告。

□終了
（しゅうりょう）
【名，自，他サ】終了，完了
授業が終了したら、お茶を飲みに行きましょう。
課結束後，一起去喝茶吧！

□宿泊
（しゅくはく）
【名，自サ】投宿
この町は、宿泊設備が整っています。
這個城鎮的住宿設備很完善。

□受験
（じゅけん）
【名，他五】參加考試，應試
どの大学を受験しますか？
你要考哪所大學？

□手術
（しゅじゅつ）
【名，他サ】手術
この病状では、手術が必要です。
這樣的病情需要手術治療。

□主張
（しゅちょう）
【名，他サ】主張
憲法改正を主張する。
主張修改憲法。

□出勤
（しゅっきん）

【名，自サ】上班
明日は何時に出勤しますか？
明天幾點上班？

□出場
（しゅつじょう）

【名，自サ】出場（參加比賽）
出場する選手の名前を教えてください。
請告訴我上場選手的大名。

□出張
（しゅっちょう）

【名，自サ】因公前往，出差
来週大阪に出張します。
下星期要到大阪出差。

□出版
（しゅっぱん）

【名，他サ】出版
短編集を出版しました。
出版了短篇作品集。

□循環
（じゅんかん）

【名，自サ】循環
このバスは、町内を循環しています。
這公車路線是環繞全市。

□順々
（じゅんじゅん）

【副】按順序，依次
一列に並んで、順々に中に入ってください。
請排成一列，依序進入。

□順調
（じゅんちょう）

【名，形動】順利地
仕事は順調に進んでいますか？
工作進行順利嗎？

□上下
（じょうげ）

【名，自サ】上和下
身分の上下を気にする人ではありません。
他並非是個介意他人身份尊卑的人。

□乗車　【名，自サ】乗車
（じょうしゃ）　先に乗車して待っていてください。
請先上車等候。

□少々　【名，副】少許，一點
（しょうしょう）　少々お待ちください。
請稍等一下。

□消毒　【名，他サ】消毒，殺菌
（しょうどく）　この器具は、消毒が済んでいます。
這器具已經消毒過了。

□衝突　【名，自サ】撞，衝撞
（しょうとつ）　トラックと乗用車が衝突しました。
轎車和卡車相撞了。

□承認　【名，他サ】批准，同意
（しょうにん）　政府の承認がなければ、輸入することはできません。
如果政府不同意的話，就無法進口。

□商売　【名，自，他サ】經商，生意
（しょうばい）　彼は新しい商売を始めた。
他開始了新的生意。

□蒸発　【名，自サ】蒸發，失蹤
（じょうはつ）　水分が蒸発して、からからになった。
水分蒸發掉了，變得乾乾的。

□消費　【名，他サ】消費，耗費
（しょうひ）　消費者の意見を聞いて商品を開発する。
聽取消費者的意見來開發新產品。

し

□勝負 （しょうぶ）	【名，自サ】勝敗，比賽 一対一で勝負しよう。 來個一對一決勝負吧！
□小便 （しょうべん）	【名，自サ】小便 ここで小便をするな。 此處不准小便。
□消耗 （しょうもう）	【名，自サ】消費，消耗 暑くて体力を消耗しました。 熱得體力都耗盡了。
□将来 （しょうらい）	【名，他サ】將來；傳入 将来はお医者さんになるつもりです。 將來打算當醫生。
□省略 （しょうりゃく）	【名，他サ，副】省略 次の問題は省略します。 下一個問題省略掉。
□徐々に （じょじょに）	【副】徐徐地，慢慢地 病気は、徐々によくなるでしょう。 病情會逐漸好轉吧！
□署名 （しょめい）	【名，自サ】署名，簽名 署名運動をしています。 正進行簽名連署運動。
□処理 （しょり）	【名，他サ】處理，處置 書類を急いで処理する。 盡快處理文件。

□知らせる　　【他下一】通知，使…得知
（しらせる）　何かあったら、すぐに知らせてください。
　　　　　　　若有任何問題，請馬上通知我。

□信仰　　　　【名，他サ】信仰
（しんこう）　彼は強い信仰心を持っています。
　　　　　　　他有著執著的信仰。

□深刻　　　　【名，形動】嚴重的，重大的
（しんこく）　そんなに深刻な病気ではないから、安心して。
　　　　　　　病情沒那麼嚴重，請放心。

□信じる・ずる　【他サ】相信
（しんじる）　私はあなたを信じています。
　　　　　　　我相信你。

□新鮮　　　　【形動】（食物）新鮮
（しんせん）　新鮮な魚は、どこで売っていますか？
　　　　　　　哪裡有賣新鮮的魚？

□申請　　　　【名，他サ】申請
（しんせい）　奨学金を申請します。
　　　　　　　申請獎學金。

□診断　　　　【名，他サ】診斷
（しんだん）　年に一回健康診断をしましょう。
　　　　　　　每年要定期健康檢查一次。

□侵入　　　　【名，自サ】浸入
（しんにゅう）　泥棒が家屋に侵入しました。
　　　　　　　小偷潛入家中。

し

□審判
（しんぱん）

【名，他サ】判決

うちの父は、野球の審判をしています。

家父是棒球裁判員。

□進歩
（しんぽ）

【名，自サ】進歩

世の中の進歩についていけない。

無法跟著世界潮流前進。

□信用
（しんよう）

【名，他サ】堅信，相信

あなたを信用して、お金を貸しましょう。

我相信你就把錢借給你吧！。

□信頼
（しんらい）

【名，他サ】信賴

信頼を裏切るようなことをしてはいけません。

別做違背信用的事。

□**炊事**
（すいじ）

【名，自サ】烹調

炊事、洗濯、掃除、何でもやります。

煮飯、洗衣、燒飯，什麼都做。

□**推薦**
（すいせん）

【名，他サ】推薦

先生が推薦してくださいました。

是老師幫我推薦的。

□**垂直**
（すいちょく）

【名，形】（數）垂直

ＡＢに対して垂直に線を引いてください。

請畫一條垂直於 AB 的直線。

□**推定**
（すいてい）

【名，他サ】推斷，估量

彼は無罪になると、私は推定します。

我推斷他無罪。

□**水平**
（すいへい）

【名，形動】水平；平衡；不升也不降

水平線の上を船が通っていく。

船通過地平線。

□**睡眠**
（すいみん）

【名，自サ】睡眠，休眠，停止活動

睡眠を充分に取ることが必要です。

攝取充分的睡眠是必要的。

□**好き好き**
（すきずき）

【名，副，自サ】（名人）不同的愛好

好き好きですから、この作品を気に入る人もい

るでしょう。

人各有所好，也有人喜歡這幅畫吧！

□ 透き通る　　　【自五】透明；清澈
（すきとおる）
彼女は、透き通るような白い肌をしています。
她的肌膚晶瑩剔透般地白晰。

□ 救う　　　　　【他五】拯救，搭救
（すくう）
台風の時に子供を救ってくれたのは彼です。
颱風時是他救起小孩的。

□ 少なくとも　　【副】至少，最低限度
（すくなくとも）
少なくとも１０万円はほしいです。
最少也要個十萬日圓。

□ 優れる　　　　【自下一】出氣，優越
（すぐれる）
日本の電気製品はとても優れています。
日製的電器品質優良。

□ スケート　　　【名，他サ】冰鞋；滑冰
冬になったら、スケートをやりに行きましょう。
冬天去滑冰吧！

□ 凄い　　　　　【形】高明，很棒；可怕的
（すごい）
イチローは本当に凄い選手だと思います。
一郎是個優秀的選手。

□ 少しも　　　　【副】（下接否定）一點也不
（すこしも）
がんばったけれど、少しも上手にならない。
雖然已經努力了，卻一點也沒進步。

□ 過ごす　　　　【他五】度，過生活
（すごす）
正月は両親と一緒に過ごしました。
和雙親一起過了年。

□涼む （すずむ）	【自五】乘涼，納涼 みんなで庭に出て涼みました。 大家一起到庭院乘涼。
□進める （すすめる）	【他下一】向前推進，發展 この計画は、どんどん進めてください。 這計畫請儘管向前推進。
□薦める （すすめる）	【他下一】建議 友人に「A. I.」という映画を薦められました。 朋友介紹我看一部叫「A.I.」的電影。
□スタート	【名，自サ】起動，開始 とてもいいスタートを切りましたね。 起了一個漂亮的開頭。
□すっきり	【副，自サ】舒暢，整潔乾淨 片づけたら、部屋の中がすっきりしました。 收拾過後，屋內整潔多了。
□すっと	【副】動作迅速地 泥棒は音もなくすっと入ってきた。 小偷一聲不響地溜進來了。
□素敵 （すてき）	【形動】絕妙的，極好的 とても素敵なスカートですね。 真是一件漂亮的裙子。
□既に （すでに）	【副】已經，並且 その書類は、もう既にできています。 那一份文件已經完成了。

す

□ストップ　【自サ】停止，中止
大きな車が店の前でストップしました。
一輛大車子在店前停了下來。

□素直　【形動】坦率的，不隱瞞的
（すなお）
親の忠告は素直に聞きなさい。
要坦率地聽父母親的勸告。

□スピーチ　【名】演講，致詞
結婚式のスピーチを頼まれました。
受託在結婚典禮上致詞。

□済ませる　【他五】弄完，還清
（すませる）
手続きを済ませたら、こちらへ来てください。
手續辦完後，請到這邊來。

□澄む　【自五】清澈，澄清
（すむ）
湖の水はとても澄んでいました。
湖水非常清澈。

□ずらす　【他五】挪一挪
紙をちょっとずらして、下の紙にサインしてください。
請把紙稍微往上挪，然後在下面的紙上簽名。

□ずらり　【副，自サ】一大排，成排地
有名人がずらりと並んでいます。
站了一排名人。

□刷る　【他五】印刷
（する）
この版画は、全部で１００枚刷りました。
這幅畫全部要印100幅。

□ずるい　　　　【形】狡猾，奸詐
彼はずるい人です。
他是個狡猾的人。

□鋭い　　　　　【形】尖的，鋒利的
（するどい）　それは鋭い考えですね。
那想法很敏銳。

□擦れ違う　　　【自五】交錯，錯過去
（すれちがう）　さっき擦れ違った人は、美人でしたね。
剛剛擦身而過的女孩真美！

□ずれる　　　　【自下一】移動，離開
線がちょっとずれていますよ。
脫線了唷！

□請求
（せいきゅう）

【他サ】請求，要求
料金は、会社に請求してください。
費用請向公司申請。

□清潔
（せいけつ）

【副】乾淨的，清潔的
病気を防ぐために、清潔にしましょう。
為了預防生病，請保持清潔。

□制限
（せいげん）

【他サ】限制
年齢の制限はありません。
年齡不限。

□成功
（せいこう）

【自サ】成功，成就
あなたの成功を心から祈っています。
誠心地祝福你成功！

□制作
（せいさく）

【他サ】創作
テレビ番組を制作しています。
正在製作電視節目。

□生産
（せいさん）

【他サ】生産
うちの工場は生産を停止しました。
我家工廠已經停止生產了。

□正式
（せいしき）

【形動】正式的，正規的
今日から正式にこの会社の社員になりました。
今天開始正式成為這家公司的職員了。

□清書
（せいしょ）

【他サ】謄寫

この文章を清書してください。
請謄寫這篇文章。

□成人
（せいじん）

【自サ】成年

息子が成人したら、仕事を勤めるつもりです。
兒子長大後，我打算出去工作。

□清掃
（せいそう）

【他サ】打掃

ビルの清掃のアルバイトをしています。
兼差清掃大樓。

□背負う
（せおう）

【他五】背，擔負

彼は大きな荷物を背負っています。
他背著一個巨大的行李。

□積極的
（せっきょくてき）

【形動】積極的

授業では、積極的に発言しましょう。
上課中請踴躍發言吧。

□接する
（せっする）

【自，他サ】接觸，遇上

お客さまに接するときには、言葉に気をつけましょう。
接待客人要注意用詞！

□せっせと

【副】拼命地，一個勁兒地

みんなでせっせと片づけています。
大家努力地收拾著。

□製造
（せいぞう）

【他サ】製造，生產

この工場では、何を製造していますか？
這家工廠生產什麼？

□生存
（せいぞん）
【自サ】生存
会社は、生存の危機に直面しています。
公司正面臨存亡的緊要關頭。

□贅沢
（ぜいたく）
【形動】奢侈
そんな高いものは、私には贅沢です。
這麼昂貴的東西，對我來説太奢侈。

□成長
（せいちょう）
【自サ】成長
お宅の息子さんも立派に成長しましたね。
令郎已經長成一個這麼有為的青年了。

□整備
（せいび）
【他サ，自サ】配備，整理
私は飛行機の整備をしています。
我從事飛機的維修工作。

□整理
（せいり）
【名，他サ】整理
部屋の整理ができたらあなたを招待します。
房子整理就緒，就請你來坐坐。

□成立
（せいりつ）
【名，自サ】成立
これで両者の間に契約が成立しました。
這樣雙方的契約就算生效了。

□折角
（せっかく）
【副】特意地
折角来たのに、彼は留守だった。
特地過來找他，他卻不在家。

□接近
（せっきん）
【名，自サ】接近
台風が接近しているので、気をつけましょう。
颱風將至，請小心防範。

□設計
（せっけい）
【名，他サ】設計，規則
このビルは、有名な建築家が設計しました。
這棟大樓是由名設計師設計的。

□接続
（せつぞく）
【名，他サ，自サ】連接，連續，
新宿で急行電車に接続します。
在新宿連接快車。

□セット
【名，他サ】一組；裝配
三つセットで二千円です。
三組兩千日圓。

□設備
（せつび）
【名，他サ】設備
新しい設備を整えました。
已籌備好了新的設備。

□是非とも
（ぜひとも）
【副】一定，無論如何
あなたには是非とも参加してほしい。
請您務必參加。

□迫る
（せまる）
【他下一】攻打，責備
期限が迫っているから、急いでください。
時間緊迫，請盡快處理。

□責めて
（せめて）
【副】至少，最少
せめて手紙ぐらい書きなさい。
至少寫封信呀。

□責める
（せめる）
【他下一】責備，責問
上司に責められて、会社をやめたくなった。
被上司責罵而想辭職。

□世話
（せわ）
【名，他サ】照顧，幫助
赤<ruby>ちゃん<rt>あか</rt></ruby>の世話<rt>せわ</rt>をします。
照顧小寶寶。

□選挙
（せんきょ）
【名，他サ】選舉
二十歳<rt>はたち</rt>になれば選挙<rt>せんきょ</rt>で投票<rt>とうひょう</rt>することができます。
滿 20 歲就可以投票選舉了。

□専攻
（せんこう）
【名，他サ】專門研究
私<rt>わたし</rt>の専攻<rt>せんこう</rt>は国文学<rt>こくぶんがく</rt>です。
我主修日本文學。

□前進
（ぜんしん）
【名，他サ】前進
車<rt>くるま</rt>を前進<rt>ぜんしん</rt>させてください。
請讓車子往前移動。

□戦争
（せんそう）
【名，自サ】戰爭
戦争<rt>せんそう</rt>が起<rt>お</rt>こらないように祈<rt>いの</rt>っています。
祈求戰爭不要發生。

□選択
（せんたく）
【名，他サ】選擇，挑選
三<rt>みっ</rt>つの色<rt>いろ</rt>の中<rt>なか</rt>から、一<rt>ひと</rt>つを選択<rt>せんたく</rt>できます。
三種顏色中可以挑選一種來。

□宣伝
（せんでん）
【名，他サ】宣傳
うちの商品<rt>しょうひん</rt>を大<rt>おお</rt>いに宣伝<rt>せんでん</rt>してください。
請多為我們的商品做宣傳。

□ そう言えば　　　【接續】這麼說來
（そういえば）　　そう言えば、今日は田中さんは休みですね。
　　　　　　　　　這麼說來，今天田中先生沒來囉。

□ 増加　　　　　　【名，他サ】增加
（ぞうか）　　　　エイズの患者が増加しました。
　　　　　　　　　愛滋病的病患增加了。

□ 増減　　　　　　【名，他サ，自サ】增減
（ぞうげん）　　　季節によって、生産量を増減します。。
　　　　　　　　　按照季節來增減生產量。

□ 操作　　　　　　【名，他サ】操作
（そうさ）　　　　コンピューターの操作は、とても難しい。
　　　　　　　　　操作電腦很難。

□ 創作　　　　　　【名，他サ，自サ】（文學作品）創作，捏造
（そうさく）　　　この作家は、まだ創作活動を続けています。
　　　　　　　　　這位作家還繼續從事創作活動。

□ 造船　　　　　　【名，自サ】造船
（ぞうせん）　　　日本は造船業がとても盛んでした。
　　　　　　　　　日本的造船業很興盛。

□ 想像　　　　　　【名，他サ】想像
（そうぞう）　　　龍は想像上の動物です。
　　　　　　　　　龍是非想像可及的動物。

□騒々しい　　　　【形】吵鬧的，喧囂的
（そうぞうしい）
　　　　　　　　このうちは子供が多くて騒々しい。
　　　　　　　　這家孩子眾多很吵鬧。

□増大　　　　　　【名，他サ】增多
（ぞうだい）
　　　　　　　　負債がますます増大してきました。
　　　　　　　　負債越來越多了。

□装置　　　　　　【名，他サ】裝置，設備
（そうち）
　　　　　　　　最新式の装置を備えています。
　　　　　　　　備有最新式的設備。

□そうっと　　　　【副】悄悄地；輕輕地

　　　　　　　　壊れやすいから、そうっと触りましょう。
　　　　　　　　因為很容易壞要輕輕的觸摸。

□相当　　　　　　【名，自サ】適合
（そうとう）
　　　　　　　　仕事内容に相当する報酬を与えます。
　　　　　　　　按工作的內容給相當的報酬。

□送別　　　　　　【名，自サ】送行
（そうべつ）
　　　　　　　　先輩に送別の言葉を送ります。
　　　　　　　　跟學長姐送別致意。

□属する　　　　　【自サ】屬於
（ぞくする）
　　　　　　　　あなたはどの部門に属していますか？
　　　　　　　　你是屬於那一個部門？

□続々　　　　　　【副】連續不斷地
（ぞくぞく）
　　　　　　　　新しい製品が続々と出ています。
　　　　　　　　新的產品不斷地推出。

□速達
（そくたつ）
【名，他サ，自サ】快速
この手紙は速達で送った方がいいと思う。
這封信最好以快遞寄出。

□測定
（そくてい）
【名，他サ】測定，測量
体力測定をしますから、集まってください。
因為要做體能測驗，請大家集合。

□測量
（そくりょう）
【名，他サ】測量
あの人たちは、測量の仕事をしています。
那些人是從事測量工作。

□そこで
【接續】因此，所以
この案はダメだと言われました。そこで、別
の案を考えました。
這個方案不行，因此，想了別的方案。

□組織
（そしき）
【名，自サ】組織，組成
組織の中で働くのは、とても疲れます。
在組織中做事是很累的。

□注ぐ
（そそぐ）
【自五，他五】注入，流入
ポットにお湯を注ぎましょうか？
在壺裡注些熱水吧？

□そそっかしい
【形】冒失的，輕率的
本当にそそっかしいやつだな。
真是個冒失的傢伙。

□育つ
（そだつ）
【自五】成長，發育
子供たちは元気で丈夫に育ちました。
孩子健康地成長著。

□そっくり　　　　【形動，副】一模一樣，原封不動

あなたはお姉さんにそっくりですね。
你長得跟你姐姐一模一樣呢。

□率直　　　　　　【形動】坦率
（そっちょく）
みなさんの率直な意見が聞きたいです。
我想聽聽大家坦誠的意見。

□そっと　　　　　【副】悄悄地，偷偷地

赤ちゃんが寝ているから、そっと歩いてくだ
さい。
嬰兒在睡覺，走路請放輕腳步。

□備える　　　　　【他下一】準備
（そなえる）
地震に備えて 食料を買いました。
買了食物以防地震的發生。

□そのまま　　　　【副】照樣的，原封不動的

そのままそこにすわっていてください。
請坐在那裡不要動。

□剃る　　　　　　【他五】剃，刮
（そる）
床屋でひげを剃りました。
在理髮店剃了鬍子。

□それぞれ　　　　【名，副】每個，各自

それぞれの考え方に従ってください。
請按照各自的想法去做。

□それでも 【接續】儘管如此
難しいとわかっています。それでも挑戦します。
雖然知道很難，但還是去挑戰。

□それなのに 【接續】雖然那樣
天気予報では晴れと言っていました。それなのに雨が降りました。
天氣預報説是晴天，但卻下了雨。

□それなら 【接續】要是那樣
今日は忙しいですか？それなら明日はどうですか？
今天很忙嗎？如果是這樣，那明天如何？

□それはいけませんね 【感】（表示同情）那可不好，那就糟啦
風邪を引きましたか？それはいけませんね。
你感冒了嗎？那可不好了。

□逸れる
（それる）
【自下一】偏離
ボールが右に逸れました。
球往右偏移了。

□揃う
（そろう）
【自五】備齊
必要なものは揃いましたか？
必要的東西都備齊了嗎？

□揃える
（そろえる）
【他下一】使…備齊，使…一致
書類を揃えて提出してください。
資料請備齊後提出。

□存在　　　　　【名，自サ】存在，人物，存在的事物
（そんざい）　　そんな人は存在しません。
　　　　　　　　這裡沒那樣的人。

□尊重　　　　　【名，他サ】尊重，重視
（そんちょう）　みんなの意見を尊重します。
　　　　　　　　尊重大家的意見。

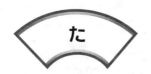

た

□退屈
（たいくつ）

【名，自サ】無聊，鬱悶
いつも同じ事の繰り返しで退屈だ。
經常做同樣的事情真是無聊。

□滞在
（たいざい）

【名，自サ】旅居，逗留
日本に三日滞在する予定です。
預定停留日本三天。

□大した
（たいした）

【連體】非常的，了不起的
それは大したことではありません。
那沒什麼了不起的。

□対照
（たいしょう）

【名，他サ】對照，對比
日中対照の辞典がほしいです。
我想要本中日辭典。

□対する
（たいする）

【名，他サ】對照，對比
質問に対する答えを書いてください。
請填寫問題的答案。

□大層
（たいそう）

【形動，副】非常的，過份的
彼はいつも大層おもしろいことを言いますね。
他總是説些有趣的事。

□代表
（だいひょう）

【名，他サ】代表
会社を代表して会議に出席します。
代表公司出席會議。

□逮捕
（たいほ）

【名，他サ】逮捕

<ruby>真犯人<rt>しんはんにん</rt></ruby>を<ruby>逮捕<rt>たいほ</rt></ruby>しました。

逮捕了真正的犯人。

□平ら
（たいら）

【形動】平坦的，平靜的

<ruby>運動場<rt>うんどうじょう</rt></ruby>を<ruby>平<rt>たい</rt></ruby>らにならします。

運動場壓得平平的。

□代理
（だいり）

【名，自サ】代理

<ruby>社長<rt>しゃちょう</rt></ruby>の<ruby>代理<rt>だいり</rt></ruby>で<ruby>部長<rt>ぶちょう</rt></ruby>が<ruby>出席<rt>しゅっせき</rt></ruby>しています。

部長代理社長出席。

□対立
（たいりつ）

【名，他サ】對立，對峙

<ruby>政見演説<rt>せいけんえんぜつ</rt></ruby>の<ruby>場<rt>ば</rt></ruby>で<ruby>両候補者<rt>りょうこうほしゃ</rt></ruby>の<ruby>意見<rt>いけん</rt></ruby>が<ruby>対立<rt>たいりつ</rt></ruby>しました。

兩位候選人在政見發表會中意見對立。

□田植え
（たうえ）

【名，他サ】插秧

おじいちゃんは<ruby>田舎<rt>いなか</rt></ruby>で<ruby>田植<rt>たう</rt></ruby>えをしています。

爺爺在鄉下種田。

□絶えず
（たえず）

【副】不斷地，經常地

<ruby>温泉<rt>おんせん</rt></ruby>の<ruby>湯<rt>ゆ</rt></ruby>が<ruby>絶<rt>た</rt></ruby>えず<ruby>湧<rt>わ</rt></ruby>き<ruby>出<rt>で</rt></ruby>ています。

溫泉的泉水不斷地湧出。

□高める
（たかめる）

【他下一】提高，抬高

<ruby>一生懸命勉強<rt>いっしょうけんめいべんきょう</rt></ruby>して<ruby>知識<rt>ちしき</rt></ruby>を<ruby>高<rt>たか</rt></ruby>めます。

努力學習以提高知識。

□耕す
（たがやす）

【他五】耕作

<ruby>農夫<rt>のうふ</rt></ruby>が<ruby>朝早<rt>あさはや</rt></ruby>くから<ruby>畑<rt>はたけ</rt></ruby>を<ruby>耕<rt>たがや</rt></ruby>しています。

農夫一早就在田裡耕種。

□炊く （たく）	【他五】煮 毎日ご飯を炊きます。 每天煮飯。
□抱く （だく）	【他五】抱，懷有 お母さんが赤ん坊を抱いています。 母親抱著嬰兒。
□貯える （たくわえる）	【他下一】儲蓄，儲備 アリは冬にそなえて食物を貯えています。 螞蟻儲存食物準備過冬。
□だけど	【接續】然而，可是 雨が降っていました。だけど、すぐに止みました。 下了雨，但是馬上停了。
□確か （たしか）	【形動】確實的 確かそのとき雨が降っていました。 當時的確下著雨。
□確かめる （たしかめる）	【他下一】查明，確認 登録している人を確かめます。 查明有登記的人。
□多少 （たしょう）	【名，副】多少 日本語には多少自信があります。 日語多少有些自信。
□助かる （たすかる）	【自五】得救，救助 おかげさまで、命が助かりました。 託你的福，救了我的一命。

た

□戦う　　　　　【自五】作戦，戰爭
（たたかう）　　<ruby>最後<rt>さいご</rt></ruby>まで<ruby>戦<rt>たたか</rt></ruby>います。
　　　　　　　　奮戰到底。

□但し　　　　　【接續】但是，可是
（ただし）　　　<ruby>明日<rt>あす</rt></ruby>は<ruby>休日<rt>きゅうじつ</rt></ruby>です。<ruby>但<rt>ただ</rt></ruby>し<ruby>管理職<rt>かんりしょく</rt></ruby>は<ruby>出勤<rt>しゅっきん</rt></ruby>しなければ
　　　　　　　　なりません。
　　　　　　　　明天是假日。但是主管階級得上班。

□直ちに　　　　【副】立即，立刻
（ただちに）　　<ruby>用意<rt>ようい</rt></ruby>ができたら、<ruby>直<rt>ただ</rt></ruby>ちに<ruby>出発<rt>しゅっぱつ</rt></ruby>しましょう。
　　　　　　　　如果準備好了，就馬上出發吧！

□立ち上がる　　【感】站起，開始行動
（たちあがる）　<ruby>彼<rt>かれ</rt></ruby>は<ruby>名前<rt>なまえ</rt></ruby>を<ruby>呼<rt>よ</rt></ruby>ばれて<ruby>立<rt>た</rt></ruby>ちあがりました。
　　　　　　　　他被點到了名就站了起來。

□立ち止まる　　【自五】站住，停步
（たちどまる）　<ruby>誰<rt>だれ</rt></ruby>かに<ruby>呼<rt>よ</rt></ruby>ばれて<ruby>立<rt>た</rt></ruby>ち<ruby>止<rt>ど</rt></ruby>まりました。
　　　　　　　　不知道是誰在叫我，我停了下來。

□たちまち　　　【副】轉眼間，一瞬間
　　　　　　　　<ruby>新入社員<rt>しんにゅうしゃいん</rt></ruby>の<ruby>山田<rt>やまだ</rt></ruby><ruby>君<rt>くん</rt></ruby>はたちまち<ruby>人気者<rt>にんきもの</rt></ruby>になっ
　　　　　　　　た。
　　　　　　　　新進員工的山田，馬上就得到大家的喜歡。

□達する　　　　【他サ，自サ】到達，達成
（たっする）　　<ruby>登録者<rt>とうろくしゃ</rt></ruby>は<ruby>一万人<rt>いちまんにん</rt></ruby>に<ruby>達<rt>たっ</rt></ruby>しました。
　　　　　　　　登記的人達到一萬人。

□たった 【副】僅，只
たった一人で海外旅行をします。
隻身到國外旅行。

□だって 【接只】（表示反對、反駁對方或不可能）話雖如此
だって仕方がありませんよ。
話雖如此，但也沒辦法呀！

□たっぷり 【副，自サ】足夠，充份
時間はたっぷりあります。
有充裕的時間。

□たとえ 【副】縱然，即使
たとえ雨が降っても行きます。
即使下雨也要去。

□例える
（たとえる）
【他下一】比喻，比方
あなたの優しさは例えようもありません。
你的溫柔是無人可以比的。

□頼もしい
（たのもしい）
【形】靠得住的；前途有爲的
あなたは頼もしい青年だから、この仕事を是非やってもらいたい。
你是個靠得住的青年，這個工作請你務必幫個忙。

□度々
（たびたび）
【副】屢次，常常
度々ご迷惑をかけて、申しわけございません。
經常跟您添麻煩，真是抱歉。

た

119

□騙す
（だます）

【副】欺騙
悪徳商法にまんまと騙されました。
被缺德的販賣方法巧妙地騙了。

□偶に
（たまに）

【他五】偶而，稀少
彼はたまにしか電話をかけてきません。
他偶而才打電話來。

□堪らない
（たまらない）

【形】受不了，不得了
歯が痛くて堪らないんです。
牙齒痛得受不了。

□溜まる
（たまる）

【自五】積存，事情積壓
道に水が溜まっています。
道路積水。

□黙る
（だまる）

【自五】沉默，不說話
質問があるかどうか聞きましたが、みんな
黙っています。
問大家有沒有問題，大家卻默不吭聲。

□躊躇う
（ためらう）

【自五】猶豫，躊躇
大学の入学試験を受けるかどうか躊躇ってい
ます。
要不要考大學正猶豫著。

□溜める
（ためる）

【他下一】積，存
旅行のためにお金を溜めています。
為了去旅行而存錢。

□頼る （たよる）	【自五】依靠，依賴 マニュアルに頼ってコンピューターを操作しています。 靠著説明書操作電腦。
□だらしない	【形】散慢的，沒出息的 だらしない服装で出勤するのはやめてください。 別穿那種邋遢的衣服來上班。
□足る （たる）	【自五】足夠，值得 バスに乗るなら、十元あれば足りますよ。 坐公車十元就夠了。
□単純 （たんじゅん）	【名，形動】單純，簡單 単純なことだから、複雑に考えないでください。 事情很單純，不要想得那麼複雑。
□誕生 （たんじょう）	【名，自サ】誕生，創立 優秀な野球選手が誕生しました。 誕生了優秀的棒球選手。
□ダンス	【名，自サ】跳舞 毎日ダンスホールに行っています。 每天都到舞廳。
□断水 （だんすい）	【名，他サ，自サ】停水，斷水 水道工事のために断水します。 由於水管工程而停水。

た

□断定
（だんてい）

【名，他サ】斷定，判斷
犯人は家族の中のだれかと断定しました。
斷定犯人是家中的某人。

□担当
（たんとう）

【名，他サ】擔任
この仕事の担当は私です。
這件工作是我負責的。

□単なる
（たんなる）

【連體】僅，只
そういうことは単なる迷信にすぎません。
那樣的事只不過是迷信。

□単に
（たんに）

【副】單，只
これは単に君だけの問題ではありません。
這不單只是你的問題。

ち

□ 違いない
（ちがいない）

【形】一定是…的
あの足音は彼に違いありません。
那一定是他的腳步聲。

□ 誓う
（ちかう）

【他五】發誓
タバコをやめることを誓います。
我發誓戒掉煙。

□ 近々
（ちかぢか）

【副】不久，過幾天
近々お伺いしてもいいですか？
這幾天拜訪您方便嗎？

□ 近づく
（ちかづく）

【自五】接近，靠近
成田空港に近づいています。
接近成田機場。

□ 近付ける
（ちかづける）

【他下一】挨近，靠近
鼻を近づけるといい匂いがします。
鼻子靠近聞可以聞到香味。

□ 近寄る
（ちかよる）

【自五】走近，靠近
男の人が近寄ってきます。
有個男人走過來了

□ 力強い
（ちからづよい）

【形】有信心的；強而有力的
とても力強い返事をしてくれました。
很有信心的答覆。

□ちぎる 　【他五】撕碎，掐碎
彼女からの手紙を細かくちぎってしまいました。
かのじょ　　　　てがみ　こま
た。
把她寫來的信撕碎了。

□遅刻 　【名，自サ】遅到
（ちこく）
学校には絶対に遅刻しないこと。
がっこう　　ぜったい　ちこく
在學校絕不遲到。

□縮む 　【自五】縮小，縮短
（ちぢむ）
この服を洗濯したら縮んでしまいました。
ふく　せんたく　　　ちぢ
這件衣服洗了以後就縮水了。

□縮める 　【他下一】縮小，縮減
（ちぢめる）
亀はいきなり首を縮めました。
かめ　　　　くび　ちぢ
烏龜突然把頭縮了進去。

□着々 　【副】逐步地
（ちゃくちゃく）
プロジェクトは着々と進んでいます。
ちゃくちゃく　すす
計畫逐步地進行著。

□ちゃんと 　【副】端正地，規矩地
ちゃんと記録すれば、こんなミスは犯しませ
きろく　　　　　　　　　　おか
んでした。
確實做紀錄的話，就不會有這樣的錯誤了。

□中止 　【名，他サ】中止停止
（ちゅうし）
雨が降ったら、運動会は中止します。
あめ　ふ　　　　うんどうかい　ちゅうし
下雨的話運動會就停止。

124

□駐車
（ちゅうしゃ）

【名，自サ】停車
私はちょっと車を駐車してきます。
我去停一下車。

□注目
（ちゅうもく）

【名，他サ，自サ】注目，注視
花道を歩いている主役はみんなの注目を浴びています。
所有觀眾的眼光都注視著走在花道上的主角。

□注文
（ちゅうもん）

【名，他サ】點餐，訂購；希望，要求
いっぺんに注文したら、ウエイターは混乱してしまいました。
一次大量的叫菜，服務生都搞糊塗了。

□超過
（ちょうか）

【名，自サ】超過
荷物はニキロ超過しています。
行李超過兩公斤。

□彫刻
（ちょうこく）

【名，他サ，自サ】雕刻
仏像の彫刻は職人しかできません。
雕刻佛像只有專業藝匠才會做。

□調査
（ちょうさ）

【名，他サ】調査
専門家たちは地質を調査しています。
專家們正在考查地質。

□調整
（ちょうせい）

【名，他サ】調整，調節
エンジニアは一生懸命機械を調整しています。
工程師努力地在調整機械。

ち

□調節
（ちょうせつ）
【名，他サ】調節，調整
リモコンでクーラーを調節します。
用遙控器來調節冷氣的溫度。

□頂戴
（ちょうだい）
【名，他サ】（もらう、食べる的謙虛說法）
領受，吃
遠慮なく頂戴いたします。
那我就不客氣接受了。

□直通
（ちょくつう）
【名，自サ】直達
この番号は、私のデスクに直通です。
這電話號碼直撥我的位子。

□散らかす
（ちらかす）
【他五】弄得亂七八糟
部屋中にゴミを散らしています。
房中垃圾狼藉。

□散らかる
（ちらかる）
【自五】零亂
少しぐらい散らかっている漫画本を片づけたら？
收拾一下散亂的漫畫，可以嗎？

□散らす
（ちらす）
【他五】把…分散開，撒開
秋の風が枯葉を散らしています。
秋風吹散了落葉。

□散る
（ちる）
【自五】凋謝，散漫
桜の花びらが散っています。
櫻花的花瓣散落。

□追加
（ついか）

【名，他サ】追加

注文を追加します。

追加訂貨。

□通過
（つうか）

【名，自サ】通過，經過

急行はこの駅を通過してしまいます。

快車經過這個車站。

□通学
（つうがく）

【名，自サ】通勤

毎朝七時の電車で通学しています。

每天坐七點的電車上學。

□通勤
（つうきん）

【名，自サ】通勤，上下班

バスで通勤します。

坐公車上班。

□通行
（つうこう）

【名，自サ】通行，一般通用

この道は一方通行です。

這條路是單行道。

□通じる
（つうじる）

【自上一】通往，精通，理解

この道をまっすぐ行けば駅に通じています。

沿著這條路直走，可以通往車站。

□通信
（つうしん）

【名，自サ】通訊聯絡

海外の子会社との通信がうまくいきません。

不能與國外分公司有良好的通訊。

つ

□通知
（つうち）

【名，他サ】通知

<ruby>月例会<rt>げつれいかい</rt></ruby>の<ruby>通知<rt>つうち</rt></ruby>が<ruby>来<rt>き</rt></ruby>ました。

每月例會的通知已到。

□通訳
（つうやく）

【名，他サ】口頭翻譯

<ruby>通訳<rt>つうやく</rt></ruby>を<ruby>使<rt>つか</rt></ruby>って<ruby>海外<rt>かいがい</rt></ruby>の<ruby>企業<rt>きぎょう</rt></ruby>と<ruby>取引<rt>とりひき</rt></ruby>をしています。

透過口譯人員與海外的企業進行交易。

□通用
（つうよう）

【名，自サ】通用，通行

この<ruby>国<rt>くに</rt></ruby>では<ruby>英語<rt>えいご</rt></ruby>が<ruby>広<rt>ひろ</rt></ruby>く<ruby>通用<rt>つうよう</rt></ruby>しています。

這個國家英語很通行。

□捕まる
（つかまる）

【自五】抓住，被捉住

<ruby>犯人<rt>はんにん</rt></ruby>は<ruby>駅<rt>えき</rt></ruby>のホームで<ruby>捕<rt>つか</rt></ruby>まりました。

犯人在月台被逮捕了。

□掴む
（つかむ）

【他五】抓，抓住

<ruby>彼女<rt>かのじょ</rt></ruby>は<ruby>一生懸命<rt>いっしょうけんめい</rt></ruby><ruby>努力<rt>どりょく</rt></ruby>して<ruby>幸<rt>しあわ</rt></ruby>せを<ruby>掴<rt>つか</rt></ruby>みました。

她很努力而抓住幸福了。

□次々
（つぎつぎ）

【副】一個接一個，接二連三地

<ruby>例<rt>れい</rt></ruby>の<ruby>小説家<rt>しょうせつか</rt></ruby>は<ruby>次々<rt>つぎつぎ</rt></ruby>と<ruby>新<rt>あたら</rt></ruby>しい<ruby>作品<rt>さくひん</rt></ruby>を<ruby>発表<rt>はっぴょう</rt></ruby>しています。

那小說家接二連三地發表新的作品。

□突く
（つく）

【自上一，他五】扎，刺，戳

<ruby>彼<rt>かれ</rt></ruby>に<ruby>痛<rt>いた</rt></ruby>いところを<ruby>突<rt>つ</rt></ruby>かれた。

被他刺到痛處。

□次ぐ
（つぐ）

【自五】接著，暨…之後

<ruby>優勝者<rt>ゆうしょうもの</rt></ruby>に<ruby>次<rt>つ</rt></ruby>ぐ<ruby>成績<rt>せいせき</rt></ruby>を<ruby>収<rt>おさ</rt></ruby>めました。

得到了僅次於優勝者的成績。

□注ぐ
（つぐ）

【他五】注，倒入
上司の杯にお酒を注ぎます。
把酒倒入上司的酒杯裡。

□〜続ける
（つづける）

【他下一】繼續，接連不斷
こんなに食べたのに、まだ食べ続けていますよ。
吃那麼多了，還繼續吃著。

□突っ込む
（つっこむ）

【他五，自五】衝入，闖入
車は猛スピードで川に突っ込んでいきました。
那車子高速衝進河裡。

□包む
（つつむ）

【他五】打包，籠罩
きれいな包装紙で包みます。
用漂亮的包裝紙包裝。

□勤める
（つとめる）

【他五】工作，在…任職
外資企業に勤めています。
在外商公司上班。

□繋がる
（つながる）

【自五】連接，聯繫
高速で車が何台も繋がって走っています。
車子一台台快速呼嘯而去。

□繋ぐ
（つなぐ）

【他五】連接，維繫
親子が手を繋いで公園を散歩しています。
母子手牽手在公園散步。

□繋げる
（つなげる）

【他五】連接，維繫
二つのコンピューターを繋げました。
兩台電腦連線了。

つ

□常に
（つねに）
【副】時常，經常
それは常_{つね}にあることです。
這是常有的事。

□潰す
（つぶす）
【他五】毀壞，弄碎
力持_{ちからも}ちの彼_{かれ}は手_てでリンゴを潰_{つぶ}しました。
強而有力的他用手把蘋果擠碎了。

□潰れる
（つぶれる）
【自下一】壓壞，破產，失去作用
きれいな箱_{はこ}が潰_{つぶ}れてしまいました。
漂亮的箱子壓壞了。

□躓く
（つまずく）
【自五】絆倒；失敗
石_{いし}に躓_{つまず}いてしまいました。
被石頭絆倒。

□つまり
【副】總之，終究
つまり今日中_{きょうじゅう}に提出_{ていしゅつ}しなければいけないのですね？
換言之，一定要在今天交出吧？

□詰まる
（つまる）
【自五】擠滿，塞滿
カバンのなかに本_{ほん}がぎっしり詰_つまっています。
書包中塞滿了書。

□罪
（つみ）
【名，形動】罪過，冷酷無情的
罪_{つみ}を犯_{おか}してはダメですよ。
不能犯罪。

□積む
（つむ）
【他サ，自サ】累積，堆積；積蓄
そんなに積_つむと危_{あぶ}ないですよ。
堆積那麼多很危險的。

□詰める （つめる）	【他下一，自下一】守候，值勤，裝入 箱_{はこ}に洋服_{ようふく}を詰_つめます。 把衣服裝進箱裡。
□強気 （つよき）	【名，形動】強硬，堅決 彼_{かれ}はいつも強気_{つよき}で勝負_{しょうぶ}しています。 他總是不甘示弱地決勝負。
□辛い （つらい）	【形】痛苦的，難受的 辛_{つら}い経験_{けいけん}がいっぱいあります。 有很多痛苦的經驗。
□釣り合う （つりあう）	【自五】平衡，均衡 お互_{たが}いの実力_{じつりょく}は釣_つりっています。 彼此實力相當。
□吊る （つる）	【他五】吊，懸掛 彼女_{かのじょ}は目_めが吊_つっているので、きつい感_{かん}じがする。 她眼角翹起來，給人很嚴肅的感覺。
□吊るす （つるす）	【他五】懸起，吊起，掛著 赤_{あか}ちょうちんが吊_つるしてあります。 掛著燈籠。

つ

□ 出会う
（であう）

【自五】相遇，相逢
こんな人には初めて出会いました。
第一次遇到那種人。

□ 提案
（ていあん）

【名，他サ】提案，建議
その提案には無理があります。
那提案有些強人所難。

□ 低下
（ていか）

【名，自サ】降低，下降
気温が段々低下しています。
氣溫逐漸下降。

□ 抵抗
（ていこう）

【名，自サ】抵抗，抗拒
犯人が警官に抵抗しています。
犯人抵抗警官。

□ 停止
（ていし）

【名，他サ，自サ】停止，禁止，停住
電車がホームに停止しています。
電車停在月台上。

□ 停車
（ていしゃ）

【名，他サ，自サ】停車
バスが急に停車しました。
公車突然停了下來。

□ 提出
（ていしゅつ）

【名，他サ】提出，交出
報告書を上司に提出します。
向上司提出報告書。

□停電
（ていでん）

【名，自サ】停電，停止供電

今日<ruby>今日<rt>きょう</rt></ruby>から<ruby>三日間<rt>みっかかん</rt></ruby><ruby>停電<rt>ていでん</rt></ruby>します。

從今天起停電三天。

□出入り
（でいり）

【名，自サ】出入

<ruby>お客<rt>きゃく</rt></ruby>の<ruby>出入<rt>でい</rt></ruby>りが<ruby>激<rt>はげ</rt></ruby>しい。

客人進出頻繁。

□出かける
（でかける）

【自下一】出門，出去

<ruby>父<rt>ちち</rt></ruby>は<ruby>朝早<rt>あさはや</rt></ruby>く<ruby>出<rt>で</rt></ruby>かけました。

父親一大早就出門了。

□出来上がる
（できあがる）

【自五】完成，做好

<ruby>出来上<rt>できあ</rt></ruby>がるのは<ruby>一週間後<rt>いっしゅうかんご</rt></ruby>になります。

一週後做完。

□的確
（てきかく）

【形動】正確，恰當

ものごとを<ruby>的確<rt>てきかく</rt></ruby>に<ruby>判断<rt>はんだん</rt></ruby>すべきだ。

應該正確的去判斷事物。

□適する
（てきする）

【自サ】適宜，適應

<ruby>今度<rt>こんど</rt></ruby>の<ruby>会<rt>かい</rt></ruby>には、どんな<ruby>服<rt>ふく</rt></ruby>が<ruby>適<rt>てき</rt></ruby>していますか？

這次會中要穿甚麼才適合？

□適用
（てきよう）

【名，他サ】適用，應用

この<ruby>規則<rt>きそく</rt></ruby>は<ruby>今月<rt>こんげつ</rt></ruby>から<ruby>適用<rt>てきよう</rt></ruby>されます。

這條規則從這本月開始適用。

□凸凹
（でこぼこ）

【名，自サ，形動】凹凸不平，高低不等

この<ruby>道<rt>みち</rt></ruby>は<ruby>凸凹<rt>でこぼこ</rt></ruby>ですね。

這條道路凹凸不平。

て

□手頃 （てごろ）	【形動】合手，合適，相當 手頃な値段の品がそろっています。 賣有很多便宜的貨品。
□徹夜 （てつや）	【名，自サ】通宵，熬夜 受験のために毎日徹夜で勉強しています。 為了考試每天熬夜讀書。
□照らす （てらす）	【他五】照耀，滲照 暗やみを照らします。 照亮黑暗。
□照る （てる）	【自五】照耀，晒，晴天 夏の太陽が照っています。 夏日的陽光照耀著。
□展開 （てんかい）	【名，他サ，自サ】展現，展開 面白い展開になってきました。 演變得越來越有趣了。
□伝染 （でんせん）	【名，自サ】傳染 風邪は空気伝染します。 感冒會透過空氣傳染。
□点々 （てんてん）	【副】點點地；滴滴地往下落 初春は桜の花が点々と咲いています。 初春的櫻花一朵朵的綻放著。
□転々 （てんてん）	【副，自サ】轉來轉去，輾轉 彼は職業を転々としています。 他一次又一次地換工作。

と

□統一　　　　【名，他サ】統一，一致
（とういつ）　意見を統一したら次に進みましょう。
　　　　　　　意見統一了就往下一步進行吧！

□統計　　　　【名，他サ】統計
（とうけい）　統計の結果、赤字が増えたことがわかりまし
　　　　　　　た。
　　　　　　　統計結果顯示赤字增加了。

□投書　　　　【名，他サ，自サ】投書，投稿
（とうしょ）　朝日新聞に投書しました。
　　　　　　　向朝日新聞投稿。

□登場　　　　【名，自サ】新產品登場，出場，登台
（とうじょう）次は主人公が登場します。
　　　　　　　接著是主角出場。

□到着　　　　【名，自サ】到達，抵達
（とうちゃく）飛行機は定時に到着します。
　　　　　　　飛機準時抵達。

□投票　　　　【名，自サ】投票
（とうひょう）幹事長を選ぶのに投票を行います。
　　　　　　　為選理事長而進行投票。

□透明　　　　【形動】透明
（とうめい）　透明な器は何個ありますか？
　　　　　　　有幾個透明的器皿？

□どうも	【副】實在，真
	言っている意味がどうも理解できません。
	你説的話我實在無法理解。

□同様 （どうよう）	【名，形動】同樣
	今日も昨日と同様に残業します。
	今天和昨天一樣要加班。

□通す （とおす）	【他五】穿過，通過
	山の間に鉄道を通します。
	鐵路從山谷間通過。

□通りかかる （とおりかかる）	【自五】恰巧，路過
	会場の受付の前を通りかかったときに友人に
	呼ばれました。
	路過會場的受理櫃臺時，被朋友叫住。

□通り過ぎる （とおりすぎる）	【自上一】走過，越過
	急行に乗ったら、降りたい駅を通り過ぎてし
	まいました。
	坐到急行列車，結果過了自己要下車的站。

□溶かす （とかす）	【他五】溶解，融化
	太陽の光が雪を溶かし始めました。
	太陽開始融化冰雪了。

□尖る （とがる）	【自五】尖；發怒
	鉛筆の先は尖っているから気をつけて。
	鉛筆的筆芯很尖鋭，要小心。

□溶く
（とく）

【他五】溶解，化開
薬を水で溶きます。
用水把藥溶解。

□解く
（とく）

【他五】解開，解除，解答
数学の問題を解きます。
解答數學問題。

□退く
（どく）

【自五】讓開，離開
ちょっと退いてくれませんか？
可以讓開一下嗎？

□読書
（どくしょ）

【名，自サ】讀書
読書は私の趣味です。
讀書是我的興趣。

□特定
（とくてい）

【名，他サ】特別指定，特別規定
会社の制服は特定の店で作ってもらいます。
公司的制服請特約店做。

□特売
（とくばい）

【名，他サ】特別賤賣
この店ではイタリア製のスーツの特売をしています。
這家店的意大利西裝在大拍賣。

□独立
（どくりつ）

【名，自サ】獨立，自立
長男は独立した家屋を建てて住んでいます。
長子蓋了一間獨立的房屋住著。

□溶け込む
（とけこむ）

【自五】融合，融洽
編入生はクラスの雰囲気に溶け込んでいます。
插班生融入班上的氣氛中。

と

137

| □溶ける
（とける） | 【自下一】溶化
さとうは水_{みず}に溶_とけます。
砂糖溶於水中。 |

□溶ける
（とける）
【自下一】溶化
さとうは水に溶けます。
砂糖溶於水中。

□退ける
（どける）
【他下一】挪開，移開
ちょっと、この車を退けてくれますか？
可以把車子稍微挪開一點嗎？

□ところで
【接續】轉換話題的語氣，可是
ところで、あの子は結婚しましたか？
對了，她結婚了嗎？

□登山
（とざん）
【名，自サ】登山
日曜日は友だちと登山しに行きました。
星期天與朋友一起去爬山。

□途端
（とたん）
【名，他サ，自サ】剛…的時候，正當…的時候
ドアを開けた途端、わんちゃんが飛び込んで
きました。
一開門，狗就向我撲了過來。

□とっくに
【他サ，自サ】早就，好久以前
お金はとっくに使いはたしました。
早就把錢花光了。

□突然
（とつぜん）
【他サ，自サ】突然，忽然
突然のことだから、あまり覚えていません。
事出突然，不怎麼記得了。

□どっと 【他サ，自サ】哄然，哄堂

そんなに面白くないのに、みんながどっと笑いました。

雖不怎麼好笑，但是大家卻哄堂大笑。

□整う
（ととのう）
【自五】整齊端正，協調

引っ越して半年経って、家具がやっと整いました。

搬家半年，家具終於齊全了。

□留まる
（とどまる）
【自五】停留，留下

部屋に留まって、会議に参加しました。

留在屋裡參加會議。

□怒鳴る
（どなる）
【自五】大聲喊叫，大聲申訴

お父さんはなぜかんかんになって怒鳴っているのですか？

父親為甚麼大發雷霆?

□とにかく 【他サ，自サ】總之，無論如何

とにかくやってから話しましょう。

總之做了之後再說吧

□飛ばす
（とばす）
【他五】使…飛，放走

紙飛行機を飛ばします。

放紙飛機。

□飛び込む
（とびこむ）
【自五】跳進，突然闖入

蝶々が部屋の中に飛び込んできました。

蝴蝶飛進屋子裡。

と

□飛び出す
（とびだす）

【自五】飛出，飛起來

ホースから水が飛び出して、通行人にかかってしまいました。

水從水管噴出，濺到行人。

□ともかく

【他サ，自サ】暫且不論，姑且不談

ともかく計画に沿ってやりましょう。

總之就按計劃來做吧。

□共に

【他サ，自サ】共同，一起，都

共に頑張りましょう。

共同努力吧。

□捕らえる
（とらえる）

【他下一】捕捉

雀を捕らえて家で飼っています。

捉了麻雀養在家裡。

□取り上げる
（とりあげる）

【他下一】拿起，舉起；採納

会議中にはみんなの意見を取りあげます。

會議上採納大家的意見。

□取り入れる
（とりいれる）

【他下一】採用，拿進來

主婦は洗濯物を取り入れます。

主婦把衣服收起來。

□取り消す
（とりけす）

【他五】取消，作廢

さっきの発言を取り消します。

取消剛剛所説的話。

□取り出す　【他五】取出，拿出
（とりだす）　引き出しからきれいなメモ用紙を取り出します。
從抽屜裡拿出漂亮的記事用紙。

□トレーニング　【名，他サ】訓練
夏休みにテニスの集中トレーニングをします。
暑假進行密集的網球訓練。

□取れる　【自下一】脱落，掉下
（とれる）　スーツのボタンが取れてしまいました。
西裝扣子掉了。

□どんどん　【他サ，自サ】順利地，接連不斷地
新装開店初日はお客がどんどん入ってきます。
新開幕的第一天，客人便源源不絕。

□どんなに　【他サ，自サ】多麼，如何
どんなに苦労したのかをわかってほしいです。
希望你能明白我是多麼的辛勞。

と

□ なお 【他サ，自サ】仍然，還
この話は、今もなお語り継がれています。
這故事現在仍然被傳誦著。

□ 仲直り 【名，自サ】和好
（なかなおり）
友だちと仲直りします。
與朋友和好。

□ 長引く 【自五】拖長，延長
（ながびく）
ひどい雨が降って、野球のオールスター戦が
長引いてしまいました。
因為下大雨，棒球明星賽要延長了。

□ 眺める 【他下一】眺望，注意看
（ながめる）
彼女は鏡の前で自分の顔をつくづく眺めてい
ます。
她鏡子前面仔細地看自己的臉。

□ 慰める 【他下一】安慰，慰問，慰勞
（なぐさめる）
大学受験で不合格だった友だちを慰めます。
安慰沒考上大學的朋友。

□ 殴る 【他五】毆打，揍
（なぐる）
学校でけんかして殴られました。
在學校與人吵架而被毆打。

□なだらか　　　　　【形動】坡度小，不陡
なだらかな坂道（さかみち）を上（のぼ）ってつきあたりのところにあります。
登上小坡道後就在路的盡頭。

□懐かしい　　　　　【形】懷念的，令人懷念的
（なつかしい）
懐かしい音楽（おんがく）を聞（き）いて、若（わか）いころのことを思（おも）い出（だ）します。
聽到叫人懷念的音樂，想起年輕時。

□納得　　　　　　　【名，他サ】理解，領會
（なっとく）
そんな説明（せつめい）では納得（なっとく）できません。
這樣的説明我不能理解。

□撫でる　　　　　　【他下一】摸，撫摸
（なでる）
母（はは）はいつも、「いい子（こ）だね。」と言（い）いながら僕（ぼく）の頭（あたま）を撫（な）でます。
母親常常一邊摸我的頭，一邊説：「真是乖孩子」。

□斜め　　　　　　　【名，形動】斜，傾斜
（ななめ）
あのビルは地震（じしん）で斜（なな）めになってしまいました。
那幢大樓因地震而傾斜了。

□何しろ　　　　　　【副】不管怎樣，總是；由於
（なにしろ）
何（なに）しろ電車（でんしゃ）の中（なか）は人（ひと）がいっぱいなので、身動（みうご）きもできません。
由於電車上人很多，叫人動彈不得。

□生　　　　　　　　【名，形動】生的
（なま）
私（わたし）は生（なま）ものが食（た）べられません。
我不吃生的東西。

な

□ 悩む
（なやむ）
【自五】煩惱，苦惱
受験<ruby>じゅけん</ruby>に受<ruby>う</ruby>かるかどうかを毎日<ruby>まいにち</ruby>悩<ruby>なや</ruby>んでいます。
每天都煩惱著考試是不是有被錄取。

□ 生る
（なる）
【自五】結果
今年<ruby>ことし</ruby>の蜜柑<ruby>みかん</ruby>はよく生<ruby>な</ruby>っています。
今年的柑桔結實纍纍。

□ 何で
（なんで）
【副】爲什麼
何<ruby>なん</ruby>で改善<ruby>かいぜん</ruby>しないのですか？
為什麼不改善呢？

□ 何でも
（なんでも）
【副】不管怎樣，無論怎樣
私<ruby>わたし</ruby>は好<ruby>す</ruby>き嫌<ruby>きら</ruby>いがなく、何<ruby>なん</ruby>でも食<ruby>た</ruby>べられますよ。
我不挑三揀四的，甚麼都吃。

□ 何とか
（なんとか）
【副】設法，想辦法
そこで黙<ruby>だま</ruby>っていないで、何<ruby>なん</ruby>とか言<ruby>い</ruby>ったらどうですか？
別在那裡默不吭聲的，你說話啊？

□ 何となく
（なんとなく）
【副】總覺得
何<ruby>なん</ruby>となく気<ruby>き</ruby>にかかります。
總覺得放不下心。

□ なんとも
【副】眞的，實在
旅行中<ruby>りょこうちゅう</ruby>にパスポートをなくして、何<ruby>なん</ruby>とも困<ruby>こま</ruby>りました。
旅行中護照掉了，真是傷腦筋。

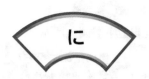

| □似合う | 【自五】合適，相稱 |
| （にあう） | その新しい髪型は似合いますよ。
那新髮型很適合你呢。 |

| □煮える | 【自下一】煮熟 |
| （にえる） | おでんがよく煮えて味がしみていますよ。
黑輪煮入味了。 |

| □匂う | 【自五】散發香味 |
| （におう） | 何か匂いませんか？
你沒聞到什麼味道嗎？ |

| □逃がす | 【他五】放掉，跑掉 |
| （にがす） | 海で釣った魚をみんな逃がしてやりました。
海上釣的魚都給放生了。 |

| □憎む | 【他五】憎恨 |
| （にくむ） | 人の立場を考えないで勝手にしゃべっているやつを憎みます。
我憎惡那些不考慮別人的立場，而淨胡説八道的人。 |

| □憎らしい | 【形】可憎的，令人嫉羨的 |
| （にくらしい） | 人のいやがることばかりする憎らしい男の子ですね。
那可憎的男人只會做些讓人憎惡的事。 |

に

| □濁る
（にごる） | 【自五】混濁，污濁
この工事のためにうちの水道水が濁りました。
由於工程的關係，自來水都混濁了。 |

□濁る
（にごる）

【自五】混濁，污濁

この工事のためにうちの水道水が濁りました。

由於工程的關係，自來水都混濁了。

□にっこり

【副，自サ】微笑

よくやったと上司に言われて、思わずにっこりしちゃいました。

被主管讚美，自己也忍不住微笑起來。

□鈍い
（にぶい）

【形】鈍，動作遲鈍

彼は鈍いから、なかなか女性の気持ちがわからない。

他很遲鈍，總無法了解女人的心情。

□入場
（にゅうじょう）

【名，自サ】入場

選手団が入場を開始します。

選手們開始進場。

□睨む
（にらむ）

【他五】瞪眼

怖い目で睨まないでください。

請不要用那種可怕的眼睛瞪我。

□煮る
（にる）

【自五】煮，燉

小豆を煮る時には砂糖を入れます。

煮紅豆的時候要放砂糖。

□にわか

【名，形動】立刻，突然

雲が切れて、あたりがにわかに明るくなりました。

雲散去後，四周突然變得很明朗。

ぬ

□ 縫う
（ぬう）

【他五】縫，縫紉
おばあちゃんは毎年 新しい着物を縫います。
外婆每年都縫製新衣服。

□ 抜く
（ぬく）

【他五】抽出，拔去
栓抜きで瓶の栓を抜きます。
用開瓶器打開瓶蓋。

□ 抜ける
（ぬける）

【自下一】脱落，掉落
年をとるに連れて髪の毛が抜けていきます。
隨著年齡的增長，頭髮也開始脱落了。

□ 濡らす
（ぬらす）

【他五】浸濕，淋濕
濡らしたタオルで腫れたところを冷やします。
用濕毛巾去冷敷腫起來的部位。

□願う
（ねがう）
【他五】請求
友だちが助かることを願っています。
祈求朋友能獲救。

□捩じる
（ねじる）
【他五】扭，擰
針金をねじります。
扭彎鐵絲。

□熱する
（ねっする）
【自サ，他サ】熱中，興奮，加熱
太い針金を熱すると柔らかくなります。
粗的鐵絲加熱之後就會變軟。

□熱中
（ねっちゅう）
【名，自サ】熱中，著迷
弟はプラモデルに熱中しています。
弟弟熱中模型。

□寝坊
（ねぼう）
【名，自サ，形動】晚起，貪睡
彼はいつも朝寝坊します。
他經常晚起。

□狙う （ねらう）	【他五】瞄準，把…當做目標 射撃の選手は的を狙う時、息を止めて集中します。 射撃選手在瞄準目標時，停止呼吸以集中精神。
□年中 （ねんじゅう）	【副】一年到頭地 このデパートは年中無休です。 這間百貨公司終年營業。

ね

□**載せる**
（のせる）
【他下一】放在…上，裝載，刊登
重い荷物を電車の網棚に載せます。
把沈重的行李放在電車架上。

□**覗く**
（のぞく）
【他五，自五】窺視，往下看
開けたドアの隙間から覗きます。
從門縫中往裡窺視。

□**除く**
（のぞく）
【他五】消除，刪除
植木のまわりに生えた雑草を除きます。
拔除盆栽周圍的雜草。

□**望む**
（のぞむ）
【他五】指望，希望
屋上から高い山々を望みます。
從屋頂上眺望遠處的群山峻嶺。

□**伸ばす**
（のばす）
【他五】伸展，擴展
疲れた手足を伸ばすと気持ちがいいですよ。
伸展一下疲倦的手足會很舒服的。

□**述べる**
（のべる）
【他下一】敘述，陳述
彼は会議中に意見を述べました。
他在會議中說出自己的意見。

□**載る（のる）**
【自五】放，裝載
妻が投稿した文章が雑誌に載りました。
妻子投稿的文章被登在雜誌上。

☐鈍い （のろい）	【形】緩慢的，慢吞吞的 彼は亀のように動きが鈍いです。 他像烏龜一樣行動遲緩。
☐のろのろ	【副，自サ】遲緩，慢吞吞地 各駅停車の電車はのろのろ運転しています。 慢車遲緩地向前進。
☐呑気 （のんき）	【名，形動】悠閑；不慌不忙；馬虎，粗心 うちの妻はのんきな性格です。 妻子的性格無憂無慮。
☐のんびり	【副，自サ】舒適，逍遙 定年退職してしばらくのんびりします。 退休後暫且逍遙度日。

の

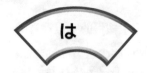

□売買 （ばいばい）	【名，副】買賣，交易 不動産屋さんは家を売買します。 房地産仲介公司從事房屋的買賣。
□這う （はう）	【自五】爬，爬行 赤ん坊は部屋中を這い回ります。 孩子在屋裡爬來爬去。
□生える （はえる）	【自下一】（草，木）等生長 庭に雑草が生えています。 庭院裡雜草叢生。
□剥がす （はがす）	【他五】剝下，揭下 貼ったラベルを全部剥がしてください。 請把貼紙全部撕掉。
□馬鹿らしい （ばからしい）	【形】愚蠢的，無聊的 馬鹿らしいことを言わないでください。 請別淨說些蠢話。
□計る （はかる）	【他五】計算，量 ここから目的地までかかった時間を計ります。 計算從這裡到目的地所需花的時間。
□吐く （はく）	【他五】吐，吐出 食べたものを全部吐いてしまいました。 吃的東西全都吐了出來。

□爆発
（ばくはつ）

【名，自サ】爆炸，爆發
不注意で工場内のガスタンクが爆発しました。
由於一時的疏忽讓工廠內的瓦斯爆炸了。

□挟まる
（はさまる）

【自五】夾，夾在中間
電車のドアにカバンが挟まりました。
皮包被電車門給夾住了。

□挟む
（はさむ）

【他五】夾，夾住，隔
電車を降りるとき足がドアに挟まれました。
下電車時被門夾到腳。

□破産
（はさん）

【名，自サ】破産
会社の経営が悪くて破産しました。
公司營運不當導致破産。

□外す
（はずす）

【他五】解開，取下
席を外しています。
他不在位上。

□外れる
（はずれる）

【自下一】脱落，掉下；落空
彼のねらいはよく外れます。
他的瞄準的目標總是落空。

□果たして
（はたして）

【副】果然，果真
彼の性格で果たしてうまくいくでしょうか？
以他這樣的個性真能做得好嗎？

□発音
（はつおん）

【名，他サ】發音
林さんは日本語の発音を練習しています。
林先生在練習日語發音。

は

153

□バック	【名，自サ】後退
	車がバックしていますから、気をつけて。
	車子在倒車，小心點。

□発見 （はっけん）	【名，他サ】發現
	古い遺跡を発見しました。
	發現了古蹟。

□発行 （はっこう）	【名，自サ】發光
	新しい切手が発行された。
	發行了新的郵票。

□発射 （はっしゃ）	【名，他サ】發射
	ミサイルは今朝零時に発射されました。
	今天凌晨零點發射飛彈。

□罰する （ばっする）	【他サ】處罰，處分
	法律に反した者を罰します。
	違法的人要被罰。

□発想 （はっそう）	【名，他サ】構想，主意
	面白い発想ではありませんか？
	挺有趣的想法，不是嗎？

□発達 （はったつ）	【名，自サ】發展，發達
	著しい技術の発達は、研究を重ねた成果です。
	技術顯著地發展，是不斷研究的成果。

□ばったり	【副】突然停止、相遇、倒下
	買い物の途中で友達にばったり会いました。
	出去購物途中碰巧遇到朋友。

□発展
（はってん）

【名，自サ】擴展，發展

計画は思いがけない方向へ発展した。

計畫朝向始料所不及的方向發展。

□発電
（はつでん）

【名，他サ】發電

自然の力で発電します。

利用自然的力量發電。

□発売
（はつばい）

【名，他サ】賣，出售

新しい商品は今日から発売されます。

今天開始發售新產品。

□発表
（はっぴょう）

【名，他サ】發表，宣布

環境保護について論文を発表します。

發表有關環境保護的論文。

□発明
（はつめい）

【名，他サ】發明

科学者たちはどんどん新製品を発明しています。

科學家們陸陸續續發明新產品。

□派手
（はで）

【名，形動】鮮艷的，華麗的

となりのおばあさんはいつも派手な服で出かけます。

隔壁的婆婆經常衣著光鮮的出門。

□離す
（はなす）

【他五】使…離開，使…分開

板前は素早く魚の身と骨を離していきます。

大廚師以敏捷的手法將魚肉跟骨頭分開。

は

155

□ 甚だしい （はなはだしい）	【形】非常，很 昼夜の温度差が甚だしく大きいです。 日夜溫差相當大。
□ 離れる （はなれる）	【自下一】脱離，相距 地方の大学に合格して、親もとを離れて暮らしています。 考上鄉下大學，離開家人獨立生活。
□ 跳ねる （はねる）	【自下一】跳，飛濺 子どもたちは砂場でとんだり跳ねたりしています。 小孩子們在砂推裡跳來跳去。
□ 省く （はぶく）	【他五】省，節省 仕事内容についていちいち説明することは省きます。 工作內容就省略不一一説明了。
□ 嵌める （はめる）	【他下一】嵌上，鑲上 はずれたボタンを嵌めます。 縫補掉下來的扣子。
□ 払い戻す （はらいもどす）	【他五】退還（多餘的錢） 多く払った会費が払い戻されました。 多付的會費被退回來了。
□ 張り切る （はりきる）	【自五】拉緊，綁緊 決勝戦を目指して、選手たちが張り切って練習に励みます。 選手們為了參加總決賽邁力地練習。

□張る （はる）	【自五，他五】延申，伸展；擴張 おなかが張って苦しいです。 肚子漲得好難過喔。
□反映 （はんえい）	【名，他サ，自サ】反映，反射 みなさんの意見を政策に反映させます。 大家的意見我會反映到政策上。
□パンク	【名，自サ】爆胎，脹破 タイヤがパンクしたので、交換した。 爆胎了，所以把它給換了。
□反抗 （はんこう）	【名，自サ】反抗，對抗 若いころよく親に反抗していました。 年輕時經常反抗父母。
□ハンサム	【名，形動】帥 彼女の彼氏はハンサムです。 她的男朋友很帥唷。
□反省 （はんせい）	【名，感】反省，檢查 悪いことをしたのに、どうして反省しないのですか？ 做錯事了，為什麼不反省呢？
□判断 （はんだん）	【名，他下一】判斷，推斷 例の件は社長の判断に任せます。 那件事就讓老闆決定吧。

は

157

□販売　　　　　　【名，他サ】販賣，出售
（はんばい）　　　新しい商品は今日から販売し始めました。
　　　　　　　　　新産品今天開始發售。

□反発　　　　　　【名，他サ，自サ】回彈，排斥
（はんぱつ）　　　陰極同士は反発し合います。
　　　　　　　　　相同的陰極會互相排斥。

ひ

□日帰り
（ひがえり）

【名，自サ】當天回來

日帰りツアーに参加しました。

參加一日遊的旅行團。

□比較
（ひかく）

【名，他サ】比，比較

二つを比較しながら報告書を書きます。

邊比較兩者邊寫報告。

□比較的
（ひかくてき）

【副】比較的

先生がくれた辞書は比較的引きやすいです。

老師給我的辭典比較好查。

□ぴかぴか

【副，自サ】雪亮地

お父さんはくつをぴかぴかに磨いてくれました。

爸爸幫我把皮鞋擦得好亮。

□引き受ける
（ひきうける）

【他下一】承擔，擔保

複雑な仕事を引き受けました。

承接了複雜的工作。

□引き返す
（ひきかえす）

【自五】返回，折回

天気が急に変わったので、遠足の途中で引き返しました。

由於天氣突然轉壞，遠足途中就折回來了。

ひ

□引き出す （ひきだす）	【他五】拉出，抽出，激發 自分の潜在 能力を引き出します。 激發自己的潛力。
□引き止める （ひきとめる）	【他下一】制止，拉住 彼が辞表を出そうとしたので、私は引き止めました。 當他想提出辭呈時，我制止了他。
□卑怯 （ひきょう）	【名，形動】怯懦 何て卑怯な人でしょう。 他怎麼那麼軟懦呀！
□轢く （ひく）	【他五】壓，軋 不注意で車で猫を轢いてしまいました。 車子不小心壓死了貓。
□飛行 （ひこう）	【名，自サ】飛行 飛行時間は、2時間です。 飛行時間是兩小時。
□ぴたり	【副】恰合；突然停止；緊貼地 彼の占いは、ぴたりと当たりますよ。 他算命非常準。
□引っ掛かる （ひっかかる）	【自五】掛起來，掛上 魚が漁師のかけた網に引っかかりました。 魚被漁夫灑的網給捕獲了。
□筆記 （ひっき）	【名，他サ】記筆記 筆記用具を、必ず持ってきてください。 請務必攜帶書寫文具來。

□びっくり	【名，自サ】吃驚，嚇一跳
	いきなり大きな声が聞こえてきてびっくりしました。
	突然一聲巨響給嚇了一跳。

□引っくり返す （ひっくりかえす）	【他五】顛倒過來，推翻，弄倒
	ＣＤはレコードと違ってひっくり返さなくていいから、とっても便利です。
	CD 跟唱片不一樣，它不用翻面，方便多了。

□引っくり返る （ひっくりかえる）	【自五】翻過來，倒下
	うちのワンちゃんのひっくり返った寝姿が好きです。
	我喜歡我家小狗的朝天睡相。

□引っ込む （ひっこむ）	【自五】引退，退居；塌陷
	日曜日は天気が悪かったから、家に引っ込んでいました。
	星期天天氣不好，就窩在家裡。

□必死 （ひっし）	【名，形動】拼命
	大学受験のため、必死になって勉強しています。
	爲了大學聯考，拼命讀書。

□ぴったり	【副，自サ】緊緊地
	このくつは私の足にぴったりです。
	這雙鞋子很合我的腳。

ひ

□否定 （ひてい）	【名，他サ】否定 成功したのだから、彼の能力を否定すること はできません。 他成功了，所以不能否定他的能力。
□酷い （ひどい）	【形】無情的，粗暴的 ひどい雨で運動会が中止になりました。 由於豪雨所以中止運動會。
□等しい （ひとしい）	【形】相等的，一樣的 彼ら二人の体重はほぼ等しいです。 他們倆的體重差不多。
□一先ず （ひとまず）	【副】暫且，姑且 発表者の話は打ち切って、ひとまずみんなの 意見を聞きました。 請發表者暫停一下，暫且聽聽大家的意見。
□一休み （ひとやすみ）	【名，自サ】休息一會兒 そろそろお昼ですから、とりあえず一休みし ましょう。 快午休了，就先休息一下吧！
□独りでに （ひとりでに）	【副】自行地，自然而然也 私は風邪のとき薬を飲まなくてもひとりでに 治ります。 感冒的時候，不用吃藥自然就好了。

□皮肉
（ひにく）

【名，形動】控告，諷刺

大学受験では、皮肉にも力を入れて勉強した
ところは全部できませんでした。

大專聯考時，最諷刺的是加強的地方竟然一題
也不會。

□捻る
（ひねる）

【他五】扭，擰

おじいちゃんはいつもひげを捻っています。

爺爺經常捏擰他的鬍子。

□批判
（ひはん）

【名，他サ】批評，批判

どんな批判があっても前向きで頑張ります。

無論什麼批評，也都很積極努力。

□批評
（ひひょう）

【名，他サ】批評，批論

先生は生徒に厳しい批評を加えた。

老師給學生嚴厲的評語。

□微妙
（びみょう）

【形動】微妙的

会社で、彼は今、微妙な立場にあります。

現在他在公司裡處於相當微妙的立場。

□評価
（ひょうか）

【名，他サ】評估，評價

私の論文は学会で高い評価を受けました。

我的論文在學會裡得到很高的評價。

□表現
（ひょうげん）

【名，他サ】表現，表達

表現の優れた文章は雑誌に載ります。

將表現突出的文章刊登在雜誌上。

□平等 （びょうどう）	【名，形動】平等，同等 お金を平等に配分します。 將錢平均分配。
□広がる （ひろがる）	【自五】放寬，展開；蔓延；擴大 あの変なうわさがいっそう広がってしまいました。 那奇怪的謠言傳得更大了。
□広げる （ひろげる）	【他下一】打開，展開 持ってきた物を机の上に広げました。 把帶來的東西攤在桌上。
□広々 （ひろびろ）	【副，自サ】寬闊的，遼闊的 坂を上ってみたら、広々とした平地が広がっていました。 爬上斜坡，就看到一片廣闊的平地。
□広める （ひろめる）	【他下一】擴大，增廣；普及，推廣 たくさんの本を書いて、思想を広めます。 撰寫很多書，以宣傳思想。

ふ

□不安
（ふあん）

【名，形動】不安，不放心

あまり勉強していないから、今回のテストは
不安です。

由於沒什麼唸書，所以對這次的考試有點擔
心。

□不運
（ふうん）

【名，形動】運氣不好的，倒楣的

楽しい登山なのに、不運にも転んで骨を折っ
てしまいました。

登山原本很愉快的，倒楣的是卻摔一跤折斷骨
頭。

□不規則
（ふきそく）

【名，形動】不規則，無規則

今回の地震は不規則な揺れが続きました。

這一次的地震，不規則的搖晃不斷持續著。

□普及
（ふきゅう）

【名，自サ】普及

高等教育が普及しています。

普及高等教育。

□吹
（ふく）

【他五，自五】颳，吹

風が強く吹いてきます。

颳強風。

□複写　　　　　【名，他サ】複寫，複制
（ふくしゃ）　　　このページも複写してください。
　　　　　　　　　這一頁也複印一下。

□含む　　　　　【他五】含有，包含
（ふくむ）　　　消費税を含んだ値段です。
　　　　　　　　　這是内含消費稅的價錢。

□含める　　　　【他下一】包含，含括
（ふくめる）　　私を含めて三人です。
　　　　　　　　　連我算在裡面是三個人。

□膨らます　　　【他五】弄鼓，吹鼓
（ふくらます）　風船を膨らましています。
　　　　　　　　　吹大氣球。

□膨らむ　　　　【自五】鼓起，膨脹
（ふくらむ）　　子どもたちの夢は大きく膨らみます。
　　　　　　　　　小孩們的夢想無限地擴大。

□塞がる　　　　【自五】關閉
（ふさがる）　　あいにくその時間は塞がっています。
　　　　　　　　　很不巧那個時候我有事情。

□塞ぐ　　　　　【他五，自五】塞閉，堵
（ふさぐ）　　　鼠が入ってこないように、穴を塞いだ。
　　　　　　　　　爲了不讓老鼠進來，把洞穴給封住了。

□ふざける　　　【自下一】開玩笑
　　　　　　　　宴会で山田さんはふざけてみんなを笑わせま
　　　　　　　　した。
　　　　　　　　　山田先生在宴會上開玩笑讓大家很開心。

□無沙汰 （ぶさた）	【名，自サ】久未通信，久違 ご無沙汰しております。 好久不見。
□無事 （ぶじ）	【名，形動】平安無事 毎日を無事に過ごせますように。 祈求您每天平安無事。
□不思議 （ふしぎ）	【名，形動】不可思議，奇怪 生き物の生命に不思議を感じます。 對動物的生命感到不可思議。
□不自由 （ふじゆう）	【名，形動，自サ】不自由，不如意，不方便 工事のために断水が続いて生活が不自由になりました。 由於施工不斷停水，妨礙了生活機能。
□不正 （ふせい）	【名，形動】不正當，不正派 不正行為を行えば、司法機関が罰します。 不法行爲將被執法機構懲罰。
□不足 （ふそく）	【名，形動，自サ】不足，不夠 猫の手も借りたいぐらい人手が不足しています。 人手不足，忙得昏頭轉向。
□付属 （ふぞく）	【名，自サ】附屬 このコードは、コンピューターの付属品です。 這條電線是電腦的附屬品。

ふ

□再び　　　　　【副】再，又；重新
（ふたたび）　　再びミスを起こさないように。
　　　　　　　　希望不要再犯同樣的錯誤了。

□普段　　　　　【名，副】平常，平日
（ふだん）　　　うちのアパートのまわりは、普段は静かなと
　　　　　　　　ころです。
　　　　　　　　我住的公寓，周邊環境平常都很安靜。

□普通　　　　　【名，形動，副】一般，通常，普通
（ふつう）　　　この製品は普通のものより優れている。
　　　　　　　　這產品比一般的要好很多了。

□ぶつける　　　【感】扔投，擲，打
　　　　　　　　原付を壁にぶつけてしまいました。
　　　　　　　　機車撞上牆壁了。

□ぶつぶつ　　　【名，副】嘮叨
　　　　　　　　おじいさんはなぜぶつぶつ言っているのです
　　　　　　　　か？
　　　　　　　　為什麼爺爺自言自語呢？

□ふと　　　　　【副】忽然
　　　　　　　　夜更けにふと目が覚めると、外はひどい雨で
　　　　　　　　した。
　　　　　　　　深夜忽然醒來，外面正下著大雨。

□太い　　　　　【形】粗，肥胖
（ふとい）　　　公園には太い松の木があります。
　　　　　　　　公園裡有一棵粗大的松樹。

□不満 （ふまん）	【名，形動】不滿足，不滿 不満を感じた弟は「不公平だ」と言いました。 感到不滿的弟弟説：「不公平」。
□ぶら下げる （ぶらさげる）	【他下一】佩帶，懸掛 買い物袋をぶら下げて出かけました。 提著購物袋出門去了。
□プラス	【名，他サ】加號，正數，有好處，利益 この経験は、あなたにとってきっとプラスになるでしょう。 這個經驗對你一定會有好處。
□不利 （ふり）	【名，形動】不利 彼は不利な証言をされました。 別人説出了對他不利的證言。
□振り向く （ふりむく）	【自五】回顧，回頭過去 何もないのに、なぜ彼は急に振り向いたのでしょう。 根本沒什麼事，為什麼他突然回頭呢？
□プリント	【名，他サ】印刷，印照片 教室で先生からプリントをもらいました。 老師在教室發講義給我們。
□振る舞う （ふるまう）	【自五，他五】行為，動作；請客，招待 うちの子は家ではわがままに振る舞っています。 我們家小孩在家很任性。

ふ

□触れる （ふれる）	【他サ，自サ】接觸，碰 作品に手を触れないでください。 請不要觸摸作品。
□ふわふわ	【副，自サ】輕飄飄地 風船が風に吹かれてふわふわ飛んでいきます。 氣球輕飄飄地被風吹走了。
□噴火 （ふんか）	【名，自サ】噴火 フィリピンの火山は昨日の午後、噴火しました。 昨天下午菲律賓火山爆發了。
□分解 （ぶんかい）	【名，他サ，自サ】拆開，拆卸，分解 車を修理するため、エンジンを分解しています。 為了修理車子，而拆開引擎。
□分析 （ぶんせき）	【名，他サ】分解，分析，剖析 細かい分析が必要です。 需要詳細分析。
□分布 （ぶんぷ）	【名，自サ】分布，散布 支店は全国に分布しています。 分店分佈在全國各地。
□分類 （ぶんるい）	【名，他サ】分類 形によって分類します。 依形狀分類。

へ

□閉会　　　【名，他サ，自サ】閉幕，會議結束
（へいかい）　学会は明日の午後に閉会式を行います。
　　　　　明天下午舉行學會的閉幕典禮。

□平気　　　【名，形動】不在乎，無動於衷
（へいき）　彼は平気でうそをつきます。
　　　　　他説謊説得臉不紅氣不喘的。

□平均　　　【名，他サ，自サ】平均，平衡
（へいきん）　全科目の平均点は６４点です。
　　　　　總科目的平均分數是六十四分。

□平行　　　【名，自サ】平行
（へいこう）　高速道路は多摩川に平行して走っています。
　　　　　高速公路跟多摩川平行。

□平凡　　　【名，形動】平凡的
（へいぼん）　平凡な暮らしをしたいのです。
　　　　　想過平凡的生活。

□凹む　　　【自五】凹下，屈服
（へこむ）　弟が投げた野球のボールでドアがへこんでし
　　　　　まいました。
　　　　　弟弟丟棒球把門給弄了個凹洞。

へ

□隔てる　　【他下一】隔開，時間，相隔
（へだてる）　先生と机を隔てて向かい合います。
　　　　　我跟老師隔著一張桌子面對面坐著。

□ 変化
（へんか）

【形，自サ】變化，改變
季節が変わるに連れて木の葉の色も変化して
きます。
隨著季節不同樹葉的顏色也跟著變化。

□ 変更
（へんこう）

【名，他サ】變更，更改
運動会の開会式は十時に変更になった。
運動會的開幕儀式改為十點。

□ 編集
（へんしゅう）

【名，他サ】編輯
私は編集の仕事をしています。
我從事編輯工作。

ほ

☐冒険
（ぼうけん）

【名，自サ】冒険

そのプロジェクトは冒険ですが、実行する価値
があります。

那個企畫案雖有些冒險，但有進行的價值。

☐報告
（ほうこく）

【名，他サ】報告

職員の報告を受けます。

接受員工的報告。

☐防止
（ぼうし）

【名，他サ】防止

危険防止のために、ヘルメットを被ります。

為了預防危險，戴上安全帽。

☐放送
（ほうそう）

【名，他サ】廣播，播放

新しいドラマが放送されました。

播放新的連續劇。

☐膨大
（ぼうだい）

【形動】龐大的

膨大な資金を投入しました。

投入龐大的資金。

☐豊富
（ほうふ）

【形動】豐富

豊富な資源を有しています。

擁有豐富的資源。

☐訪問
（ほうもん）

【名，他サ】訪問

訪問する前にアポイントを取ります。

拜訪前要事先預約。

ほ

□放る
（ほうる）
【他五】抛，扔；放置不顧。
子どもたちは石を放っています。
小孩把石頭丟在那裡。

□吠える
（ほえる）
【自下一】吠，吼
真夜中に犬が吠えています。
半夜狗吠著。

□朗らか
（ほがらか）
【形動】明朗，開朗
朗らかな歌声が聞こえます？
可以聽見爽朗的歌聲。

□募集
（ぼしゅう）
【名，他サ】募集，征募
この店はパートを募集しています。
這家店在應徵工讀人員。

□保証
（ほしょう）
【名，他サ】保証擔保
この製品は一年の保証があります。
這個産品有一年的保證期限。

□保存
（ほぞん）
【名，他サ】保存
保存期限を一週間も過ぎましたよ。
保存期限超過一個禮拜了。

□解く
（ほどく）
【他五】解開
母さんは姉の着物を解いて仕立て直します。
媽媽拆開姊姊的衣服重新裁縫。

□ほぼ
【副】大約，大致
弟の身長は私とほぼ同じです。
弟弟的身高跟我差不多。

□微笑む （ほほえむ）	【自五】微笑 可愛い女の子を見て思わず微笑みます。 看到可愛的女孩忍不住微笑了一下。
□掘る （ほる）	【他五】掘 犬は前足で穴を掘ります。 狗用前足挖洞。
□彫る （ほる）	【他五】雕刻 絵馬の上に願い事を彫ります。 在匾額上寫自己的心願。
□翻訳 （ほんやく）	【名，他サ】翻譯 その小説は、翻訳で読みました。 我看了那本小説的翻譯本。
□ぼんやり	【名，副，自サ】模糊，不清楚 ビルの屋上から遠くの山々がぼんやり見えます。 從屋頂上隱約可以看到遠處的群山。

□マイナス 【名，他サ】減，減號，負數
彼を入社させたことは、会社にとってマイナ
スだった。
對公司而言，錄取他沒有正面的作用。

□任せる 【他下一】委託，託付
（まかせる）
この仕事は私に任せてください。
這份工作請讓我來做。

□蒔く 【他五】播種
（まく）
春には花の種を蒔きます。
春天撒花的種子。

□まごまご 【他サ，自サ】不知如何是好
野球を観戦しに行って、帰るときに出口がわ
からずまごまごしました。
去看棒球比賽，回家時找不到出口不知如何是
好。

□摩擦 【名，自他五】摩擦，不和睦
（まさつ）
日本とアメリカの間で、経済摩擦が起こりま
した。
日美之間，產生經濟摩擦。

□まさに 【副】正好

大人になったらわかると母が言いましたが、正にその通りでした。

媽媽說長大了你就知道，媽媽說的一點也沒錯。

□混ざる （まざる） 【自五】混雜

白い玉と赤い玉が混ざっていました。

紅白球混在一起。

□雑じる （まじる） 【自五】夾雜，摻混

保母さんが子供にまじって遊んでいます。

幼稚園老師跟小孩混在一起玩耍。

□増す （ます） 【自五】增加，增長

味が薄いので、ちょっとしょう油を増してみましょう。

味道太淡了，加些醬油吧！

□貧しい （まずしい） 【形】貧窮的

貧しい生活をしています。

過著貧困的生活。

□ますます 【副】越發，更加

彼の話を聞くとますますわからなくなります。

聽他說的越發不明白了。

□混ぜる （まぜる） 【他下一名】攪混，攪入

粉と水をよく混ぜてください。

水跟粉好好攪拌一下。

□またぐ	【他五】跨過
	昨日の雨で水たまりができたので、それを またいで歩きました。
	路上積著昨天的雨水，所以跳過走路。

□待ち合わせる （まちあわせる）	【他下一】等候，會面
	駅の前で彼女と待ち合わせます。
	在車站前與她會合。

□間違う （まちがう）	【他五，自五】做錯，錯誤
	テストの答えはほとんど間違っていました。
	考試的答案幾乎都錯了。

□祭る （まつる）	【他五】祭祀，供奉
	お盆には祖先を祭ります。
	于蘭盆會是祭祖的節日。

□纏まる （まとまる）	【自五】集中起來，統一
	Ａプロジェクトに関する意見がまとまりました。
	整理了有關Ａ計畫的意見。

□纏める （まとめる）	【他下一】整理，歸納
	みんなの意見をまとめて報告書を提出します。
	整理大家的意見後再提出報告書。

□学ぶ （まなぶ）	【他五】學習
	高校で日本語を学びます。
	在高中學日語。

□真似
（まね）

【名，他サ，自サ】模仿

彼は物真似が好きです。

他喜歡模仿藝人。

□招く
（まねく）

【他五】招呼，邀請

偉い先生を招きます。

招待偉大的老師。

□真似る
（まねる）

【他下一】模仿

子供は親の行動をまねるものです。

小孩會模仿父母的行為。

□眩しい
（まぶしい）

【形】耀眼，刺眼的

夏の太陽はまぶしいです。

夏天的太陽很耀眼。

□間も無く
（まもなく）

【副】馬上，一會兒

まもなく桜が咲きます。

櫻花馬上就會綻放了。

□丸で
（まるで）

【副】完全，簡直；好像，宛如

私の話はまるで違っていました。

我的話完全不對。

□まれ

【形動】稀少，稀奇

父が早く帰ってくることはまれです。

父親很少早歸。

ま

□万一　　　　　【名，副】萬一，倘若
（まん(が)いち）　万が一はずれたらどうします？
　　　　　　　　　萬一預測錯了怎麼辦？

□満足　　　　　【名，他サ，自サ，形動】滿足，令人滿意的
（まんぞく）　　お客さんはみんな満足した顔でお帰りになり
　　　　　　　　ました。
　　　　　　　　客人都心滿意足地回家了。

□見上げる　【他下一】仰視，尊敬
（みあげる）　空を見上げると珍しい蝶々が飛んでいきました。
仰望天空，一隻稀有的蝴蝶飛走了。

□見下ろす　【他五】俯視，往下看，輕視
（みおろす）　頂上から山麓の湖を見下ろします。
從山頂俯視山麓的湖泊。

□見事　【形動】美麗的
（みごと）　一郎は見事に三冠王を取得しました。
一郎漂亮地取得了三冠王的頭銜。

□ミス　【名，自サ】失敗，差錯
大きなミスで退職させられました。
犯了大錯被革職。

□自ら　【名，副】自己，親自
（みずから）　所得税は自ら申告します。
所得税要親自申報。

□満ちる　【自上一】充滿，月圓，潮漲
（みちる）　旧暦の十五日は潮が満ちます。
舊曆十五日滿潮。

□見っとも無い　【形】難看的，不像樣的
（みっともない）　みっともないことをしてはいけません。
別做不可告人的事。

☐ 見詰める （みつめる）	【他下一】凝視，注視 なぜ彼は可愛い子をじっと見つめるのですか？ 他爲什麼目不轉睛地望著那可愛的女孩呢？
☐ 認める （みとめる）	【他下一】看見，看到；承認 自分のミスをきちんと認めます。 自己犯的錯要誠實承認。
☐ 見直す （みなおす）	【他五】重看，再看 今回のプロジェクトは見直す必要があります。 這一次的企畫必須重新評估。
☐ 見慣れる （みなれる）	【自下一】看慣，眼熟 見慣れない人が会社の前に立っています。 有個陌生人站在公司前面。
☐ 醜い （みにくい）	【形】難看的，醜的 相続問題で家族は醜い争いをしています。 因繼承問題家族陷入一場醜陋的戰爭。
☐ 実る （みのる）	【自五】成熟，結果 台湾ではいろいろな果物が実ります。 台灣結滿了各式各樣的水果。
☐ 見舞う （みまう）	【他五】問候，探望 入院中の友人を見舞います。 去探望住院的朋友。
☐ 妙 （みょう）	【名，形動】奇怪的，異常的，巧妙的 山田さんに妙な話を聞かされました。 山田先生問了我一些奇怪的問題。

□向かう （むかう）	【自五】向著，往…去 私たちは今そちらに向かっています。 我們現在正朝著那裡走。
□剥く （むく）	【他五】剝，削 オレンジの皮をむいています。 剝橘子皮。
□無限 （むげん）	【名，形動】無限，無止境 子どもの潜在能力は無限です。 小孩有無限的潛能。
□無視 （むし）	【名，他サ】忽視 上司に無視されて可哀相ですね。 被上司忽視真可憐。
□蒸し暑い （むしあつい）	【形】悶熱 今日は蒸し暑いですね。 今天好悶熱。
□矛盾 （むじゅん）	【名，自サ】矛盾 彼の言うことは矛盾しています。 他說得很矛盾。
□寧ろ （むしろ）	【副】與其…，不如 そんなことをするなら、むしろ何もしない方がいいです。 與其那麼做，倒不如不做。

む

183

□蒸す
（むす）

【他五，自五】蒸，悶熱

蒸した魚の味は格別です。

清蒸魚味道更為特別。

□無数
（むすう）

【名，形動】無數

田舎の夜空には無数の星が輝いています。

鄉下的夜空有無數的星星閃爍著。

□結ぶ
（むすぶ）

【他五】結，繫，結合

新しい契約を結びます。

締結新契約。

□無駄
（むだ）

【名，形動】徒勞，無益

無駄なお金を使わないでください。

請別浪費金錢。

□夢中
（むちゅう）

【名，形動】熱中，沉醉

妹はアニメに夢中です。

我妹妹熱中於漫畫。

□明確
（めいかく）

【名，形動】明確，準確

責任の所在を明確にしなければなりません。

需明確劃分好責任之所在。

□命令
（めいれい）

【名，他サ】命令，規定

上司の命令で書類を作りました。

遵從上司的命令製作資料。

□恵まれる
（めぐまれる）

【自下一】受到恩惠

運動会は閉会式までいい天気に恵まれました。

天公做美連運動會的閉幕典禮天氣都很好。

□巡る
（めぐる）

【自五】循環，環繞

夏休みには日本の城を巡るつもりです。

暑假準備巡遊日本城堡。

□目指す
（めざす）

【他五】以…為努力的目標

お医者さんを目指しています。

以當醫生為目標。

□目立つ
（めだつ）

【自五】顯眼，引人注目

猿の群の中では白い猿が目立ちます。

猿群中白猿特別醒目。

□めちゃくちゃ

【名，形動】亂七八糟

交通事故で車がめちゃくちゃにつぶされました。

因交通事故車子被撞得一塌糊塗。

□めっきり 【副】變化明顯，劇烈
台湾では、六月になってめっきり暑くなりました。
一到六月台灣就明顯地變熱了。

□目出度い 【形】可喜可賀，幸運的
（めでたい）
お嬢さん、目出度く卒業なさいましたね。
恭喜令愛畢業了。

□免許 【名，他サ】批准，許可
（めんきょ）
自動車の運転免許をなくしました。
我丟了汽車駕照。

□免税 【名，他サ，自サ】免税
（めんぜい）
空港内で免税品を買います。
在機場購買免税商品。

□面接 【名，自サ】面試，接見
（めんせつ）
明日は就職先で面接をします。
明天到準備就職的公司接受面試。

□面倒 【名，形動】麻煩，費事
（めんどう）
これは面倒な仕事です。
這工作很麻煩。

□面倒臭い 【形】非常麻煩，費事的
（めんどうくさい）
とっても疲れたから、食べることさえ面倒くさくなりました。
累得連吃東西都感到麻煩。

も

□儲かる
（もうかる）

【自五】賺錢；撿便宜
面白い商品を売ったら儲かりました。
賣了些有趣的商品竟賺了錢。

□設ける
（もうける）

【他下一】準備；設立
新しい支社を設けます。
設立新的分公司。

□潜る
（もぐる）

【自五】潛入，藏入
海女さんは海に長い時間潜ります。
潛水女長時間潛入海裡。

□もしかしたら

【連語】或許，可能
もしかしたらこれは彼女の写真ですか？
這不會是你女朋友的照片吧？

□もしかすると

【連語】也許，或許
もしかすると運転免許を持ってないの？
你不會是沒駕照吧！

□もしも

【副】如果，萬一
もしもの時にはあとの事は頼みますよ。
萬一發生了什麼事，後事就麻煩你了。

| □もたれる | 【自下一】依靠；消化不良
昨日の宴会で食べ過ぎておなかがもたれています。
昨天的宴會吃太多了肚子消化不良。 |

| □モダン | 【名，形動】現代的，流行的
彼女はいつもモダンな服を着ています。
她總是穿得很時髦。 |

| □持ち上げる
（もちあげる） | 【他下一】舉起，抬起
彼は力持ちだからすごく重いものを簡単に持ち上げます。
他力大無比所以要抬笨重的東西是很容易的。 |

| □用いる
（もちいる） | 【自五】使用，採用
一番有効な政策を用います。
運用最有效的政策。 |

| □もったいない | 【形】可惜的，不敢當
彼女は私にはもったいない女性です。
我配不上她。 |

| □最も
（もっとも） | 【副】最，頂
スポーツの中で最も好きなのはスキーです。
運動項目中我最喜歡滑雪。 |

| □尤も
（もっとも） | 【形動，接續】理所當然的
彼女は可愛いから、みんなに好かれるのももっともです。
她長得可愛，所以被大家喜愛是理所當然的。 |

□戻す （もどす）	【他五】還，退回 使（つか）ったものはちゃんと元（もと）に戻（もど）しなさい。 用過的東西要歸回原位。
□基づく （もとづく）	【自五】根據，按照 アンケートに基（もと）づいて改善（かいぜん）していきます。 根據問卷調查加以改善。
□求める （もとめる）	【他下一】想要，要求 最（もっと）も便利（べんり）なものを求（もと）めます。 想要最方便的東西。
□元々 （もともと）	【名，副】原來，本來 ダメで元々（もともと）だから、とりあえずやってみましょう。 反正本來就不看好了，所以就先做做看吧！
□物語る （ものがたる）	【他五】談，說明 彼（かれ）は留学中（りゅうがくちゅう）のことを物語（ものがた）ってくれました。 他告訴我他留學中的事情。
□物凄い （ものすごい）	【形】可怕的，猛烈的 赤（あか）い車（くるま）がものすごいスピードで走（はし）っていきます。 紅色的汽車飛嘯而過。
□燃やす （もやす）	【他五】燃燒 母（はは）は枯葉（かれは）を庭（にわ）で燃（も）やしています。 母親在庭院燃燒枯葉。

も

□盛る
（もる）

【他五】盛滿，盛
おいしそうな料理を皿に盛ります。
美味可口的佳餚盛進盤裡。

□問答
（もんどう）

【名，自サ】問答，爭論
彼らの不思議な問答を聞いていました。
聽到了他們一些匪夷所思問答。

□やがて 【副】不久，馬上
郵便局へ行ったので、やがて帰ってくるでしょう。
他去郵局，不久就會回來了吧！

□やかましい 【形】吵鬧的，嚴厲的
暴走族がやかましくて寝られません。
飛車黨喧囂吵鬧，叫人無法入睡。

□約
（やく）
【名，副】大約，大概
台湾の人口は約二千万です。
台灣人口大約有二千萬人。

□訳す
（やくす）
【他五】翻譯
日本語を中国語に訳します。
把日文翻成中文。

□やたらに 【形動，副】胡亂的，隨便的
やたらに荷物を詰め込まないでください。
行李不要隨便硬塞。

□厄介
（やっかい）
【名，形動】麻煩，令人煩惱
厄介な仕事をやらせられましたよ。
被指派做些煩索的事。

□雇う
（やとう）
【他五】雇用
この会社では多数の外国人を雇っています。
這家公司雇用了很多外國人。

□ 破く
（やぶく）
【他五】撕破，弄破
破いた障子を張り換えます。
更換撕破的紙拉門。

□ 破れる
（やぶれる）
【自下一】破損，損傷
転んでズボンが破れました。
跌了一跤褲子破了。

□ やむを得ない
（やむをえない）
【形】不得已的，沒辦法的
滑り止めしか受からなかったけれど、やむを得ません。
雖只考上最後一個志願，但也沒辦法。

□ 止める
（やめる）
【他下一】停止，放棄
突然病気になって、旅行を止めました。
突然生病了，所以放棄旅行。

□ やや
【副】稍微
私よりやや低いです。
比我稍微矮一點。

□有効
（ゆうこう）
【名，形動】有効的
有効期限はまだ一週間残っています。
有效期限還剩一週。

□優秀
（ゆうしゅう）
【名，形動】優秀
あなたのクラスには優秀な生徒がいっぱいいますね。
你班上有很多優秀的學生呢！

□優勝
（ゆうしょう）
【名，自サ】優勝，取得冠軍
今年こそ優勝をします。
今年一定要奪得冠軍。

□郵送
（ゆうそう）
【名，他サ】郵寄
この荷物を郵送してください。
請郵寄這樁貨物。

□有能
（ゆうのう）
【名，形動】有才能的，能幹的
この学校には有能な先生がたくさんいます。
這所學校擁有許多有才能的老師。

□有利
（ゆうり）
【名，形動】有利
会社が有利になるように交渉してください。
請以公司的利益為前提，進行交涉。

□譲る
（ゆずる）
【他五】讓給，傳給
年寄りに座席を譲ります。
讓位給年老的人。

ゆ

□輸送　　　　　【名，他サ】輸送，傳送
（ゆそう）
ざいもく　　ゆそう　　ふね　あす　はい
材木を輸送する船は明日入ってきます。
運送木材的貨船明天會入港。

□油断　　　　　【名，自サ】缺乏，警惕
（ゆだん）
ゆだんいちびよう　　けがいっしょう
油断一秒、怪我一生。
一時疏忽，抱憾終生。

□ゆっくり　　　【副，自サ】慢慢地，從容地
はな
ゆっくりお話しください。
我們慢慢談吧！

□茹でる　　　　【他下一】煮，炸
（ゆでる）
ゆ　やさい　ゆ
お湯で野菜を茹でます。
用熱水燙青菜。

よ

□容易
（ようい）

【名，形動】容易，簡單

この仕事を完成するのは容易ではありません。

要完成這件工作是很不簡單的。

□要求
（ようきゅう）

【名，他サ】要求，需求

もっと小遣いをもらいたいと父に要求しました。

向父親要求多一點零用錢。

□用事
（ようじ）

【名】（必須辦的）事情、工作

急な用事ができたので、先に失礼します。

因為突然有事，先告辭了。

□用心
（ようじん）

【名，自サ】注意，警惕

火の用心の看板が立っています。

立著一個小心火燭的告示牌。

□要するに
（ようするに）

【副，接續】總而言之

要するに彼を説得するのは時間の無駄なのです。

總而言之，要說服他只是浪費時間而已了。

□幼稚
（ようち）

【名，形動】年幼的，幼稚的

そんな考え方は幼稚すぎます。

那樣的想法太幼稚了。

□ようやく	【副】漸漸，總算 ようやく帰れることになりました。 總算能回來了。
□欲張り （よくばり）	【名，形動】貪婪的，貪得無厭 欲張りの子は大嫌いです。 我最討厭貪得無厭的人。
□余計 （よけい）	【形動，副】多餘的，無用的 余計な口を挟むな。 請不要插嘴。
□遣す （よこす）	【他五】寄來，派來 バスケットボールをこちらへよこせ。 把籃球傳過來。
□止す （よす）	【他五】停止，戒掉 外は暑いから、出かけるのを止しましょう。 外面很熱，不要出去了。
□寄せる （よせる）	【自下一，他下一】靠近，湧來；聚集，匯集 いすを隅に寄せてください。 讓椅子靠在角落。
□予測 （よそく）	【名，他サ】預測，預料 専門家の予測によると今年の下半期の景気は よくなるそうです。 根據專家的預測，今年下半年景氣會好轉。
□呼び掛ける （よびかける）	【他下一】招呼 イチローに「がんばれ！」と呼びかけます。 向一郎喊：「加油！」。

□呼出す （よびだす）	【他五】喚出 先生に呼び出されました。 被老師叫去了。
□余分 （よぶん）	【名，形動】剩餘，額外的 余分なお金を貯金しました。 把剩餘的錢存起來。
□予報 （よほう）	【名，他サ】預報 今晩十時以降、大雨が降るとの予報が出されました。 天氣預報今晚十時以後會下大雨。
□予防 （よぼう）	【名，他サ】預防 病気を治すより予防が第一です。 預防勝於治療。
□蘇る （よみがえる）	【自五】甦醒，復活 若いころの写真を見て懐かしい思い出が蘇ります。 看到年輕時的照片，便想起了以前的事。
□因る （よる）	【自五】由於，按照 暑さによる死者が出ました。 天氣太熱而導致有人死亡。

□来日
（らいにち）

【名，自サ】（外國人）來日本

アメリカの有名な歌手が来日しました。

美國的名歌手來到了日本。

□落第
（らくだい）

【名，自サ】不及格，留級

彼は大学一年の時落第しました。

他大一時留級了。

□乱暴
（らんぼう）

【名，形動，自サ】粗暴的，蠻橫的

彼はお酒を飲むと乱暴になるそうです。

聽説他一喝酒就會變得很粗暴。

り

□リード　　　　　【名，他サ，自サ】領導，帶領
巨人<ruby>が<rt>きょじん</rt></ruby>三点リードしています。

巨人が三点リードしています。
巨人隊領先三分。

□理解　　　　　【名，他サ】理解，領會
（りかい）　　　日本語があまり難しくて、話の内容が理解で
きません。

日語太難了，無法理解説話的內容。

□利口　　　　　【名，形動】伶利的
（りこう）
このワンちゃんはとても利口ですね。

那隻狗很伶利。

□略する　　　　【他サ】省略，簡略
（りゃくする）　部分的に略しましょう。

省略一部份吧。

□流行　　　　　【名，他サ】流行，時髦
（りゅうこう）　流行の服を買いましょう。

購買流行服裝吧！

□領収　　　　　【名，他サ】收到
（りょうしゅう）代金は確かに領収いたしました。

貸款確實跟您收到了。

□冷静　　　　　【名，形動】冷靜，鎮靜
（れいせい）　あなたはよく冷静な態度でいられますね。
　　　　　　　　　　　れいせい　　　　たいど
　　　　　　　　　你還真夠冷靜的。

□冷凍　　　　　【名，他サ】冷凍
（れいとう）　冷凍食品は便利ですよ。
　　　　　　　　　　　しょくひん　　　べんり
　　　　　　　　　冷凍食品很方便。

□レポート　　　【名，他サ】報告
　　　　　　　　期末試験はレポートに変更になりました。
　　　　　　　　きまつ　しけん　　　　　　　　　へんこう
　　　　　　　　　期末考改交報告。

□連合　　　　　【名，他サ，自サ】聯合，團結
（れんごう）　駅前の店が連合して商店委員会を作りました。
　　　　　　　　えきまえ　みせ　れんごう　　しょうてんいいんかい　つく
　　　　　　　　　車站前面的商店聯合起來組成商店委員會。

□連想　　　　　【名，他サ】聯想
（れんそう）　真っ白い雲を見て綿菓子を連想しました。
　　　　　　　　ま　しろ　くも　み　わたがし　れんそう
　　　　　　　　　看了白雲使人聯想到綿花糖。

□連続　　　　　【名，他サ，自サ】合作，提攜
（れんぞく）　イチローは三年連続してオールスター戦に
　　　　　　　　　　　　さんねんれんぞく　　　　　　　　　　　せん
　　　　　　　　出場しています。
　　　　　　　　しゅつじょう
　　　　　　　　　一郎先生連續三年出戰明星賽。

ろ

□労働 （ろうどう）	【名，自サ】勞動，工作 まいにちにくたいろうどう　　　　　つか **毎日肉体労働をして疲れます。** 每天做勞動的工作很累人。
□論争 （ろんそう）	【名，自サ】爭論 とうろんかい　せんもんか　　　　はげ　　　　ろんそう **討論会で専門家が激しい論争をしました。** 討論會上專家們論爭極為激烈。

□わがまま 【名，形動】任性，放肆

うちの子はわがままでしようがありません。

我家小孩很任性真拿他沒辦法。

□若々しい 【形】年輕有朝氣的
（わかわかしい）
婆ちゃんは髪型を変えて、ずいぶん若々しくなりました。

奶奶改了髮型以後，變得年輕多了。

□態と 【副】特意地，故意地
（わざと）
昨日の試合で巨人はわざと負けました。

昨天的比賽巨人隊故意輸球。

□僅か 【副，形動】少，一點也
（わずか）
僅かの点数で試合に負けました。

比賽輸了，就只差一點分數。

□詫びる 【自五】道歉，賠不是
（わびる）
私のミスで大きな損になったことをお詫びします。

因為我的疏忽而導致那麼大的損失，真是抱歉。

□割引 【名，他サ】打折，減價
（わりびき）
バーゲンセールだからすべての商品を割引します。

因為大減價所有貨品都打折了。

ふ

□冬 （ふゆ）	【名】冬天・冬季 この辺りは、冬になると雪が降ります。 這附近一到冬天就會下雪。
□フランス← （France）	【名】法國 ヨーロッパでは、フランスが一番好きです。 歐洲我最喜歡法國。
□降る （ふる）	【自五】（雨、雪等）下・降 雨が降っても行くつもりです。 即使下雨我也準備去。
□振る （ふる）	【他五】揮動・搖動；撒 手を振って別れました。 揮手告別了。
►□古い （ふるい）	【形】古老・年久；老式← 彼らはとても古い家に住んでいます。 他們住在一間古老的房子。

漢字　　原文　　假名　　外來語　　詞性　　常用字意　　第二種解釋　　輔助說明

使用說明

符號一覽表

1. 詞類

【名】……名詞	【代】……代詞	【數】……數詞
【副】……副詞	【感】……感嘆詞	【形】……形容詞
【形動】…形容動詞	【接尾】…接尾詞	【補動】…補助動詞

【接續】…接續詞、接續助詞

2. 活用語類

【他五】……他動詞五段活用	【自五】……自動詞五段活用
【他上一】…他動詞上一段活用	【自上一】…自動詞上一段活用
【他下一】…他動詞下一段活用	【自下一】…自動詞下一段活用
【他サ】……他動詞サ變活用	【自サ】……自動詞サ變活用

MEMO

重點筆記欄

重點筆記欄

MEMO

MEMO

重點筆記欄

重　點　筆　記　欄

MEMO

MEMO

重點筆記欄

考前重點衝刺筆記欄

考前重點衝刺筆記欄

MEMO

MEMO

合格新日檢：02

新日檢一次過關靠這本
N2文字‧語彙

作者／林德勝
審訂／渡邊由里
出版者／哈福企業有限公司
地址／新北市中和區景新街347號11樓之6
電話／(02) 2945-6285　傳真／(02) 2945-6986
郵政劃撥／31598840　戶名／哈福企業有限公司
出版日期／2013年10月
定價／NT$ 240元（附贈MP3）

全球華文國際市場總代理／采舍國際有限公司
地址／新北市中和區中山路2段366巷10號3樓
電話／(02) 8245-8786　傳真／(02) 8245-8718
網址／www.silkbook.com 新絲路華文網

香港澳門總經銷／和平圖書有限公司
地址／香港柴灣嘉業街12號百樂門大廈17樓
電話／(852) 2804-6687　傳真／(852) 2804-6409
定價／港幣80元（附贈MP3）

email／haanet68@Gmail.com
網址／Haa-net.com
facebook／Haa-net 哈福網路商城

郵撥打九折，郵撥未滿1000元，酌收100元運費，
滿1000元以上者免運費，團購另有優惠

國家圖書館出版品預行編目資料

新日檢一次過關靠這本——N2文字‧語彙／
林德勝◎編著／渡邊由里◎審訂
　—初版. 新北市中和區：哈福企業
　2013[民102]
　面；　公分—（合格新日檢02）
ISBN　978-986-5972-13-4（平裝附光碟片）
1.日本語言–字彙

803.11　　　　　　　　　　　　　　101005171

Häa-net.com
哈福網路商城

Häa-net.com
哈福網路商城

Häa-net.com
哈福網路商城

Häa-net.com
哈福網路商城